Contrastes e confrontos

Euclides da Cunha

Copyright © 2013 da edição: Editora DCL – Difusão Cultural do Livro

Equipe DCL – Difusão Cultural do Livro
DIRETOR EDITORIAL: Raul Maia

Equipe Eureka Soluções Pedagógicas
REVISÃO DE TEXTOS: Joana Carda Soluções Editoriais

Texto em conformidade com as novas regras ortográficas do Acordo da Língua Portuguesa

Dados Internacionais de Catalogação na Publicação (CIP)
(Câmara Brasileira do Livro, SP, Brasil)

Cunha, Euclides da, 1866-1909.
  Contrastes e confrontos / Euclides da Cunha. --
São Paulo : DCL, 2013. -- (Coleção clássicos
literários)

  ISBN 978-85-368-1672-2

  1. Crônicas brasileiras I. Título. II. Série.

13-03632   CDD-869.93

Índices para catálogo sistemático:
1. Crônicas : Literatura brasileira   869.93

Editora DCL – Difusão Cultural do Livro
Av. Marquês de São Vicente, 1619 – Cj.2612 – Barra Funda
CEP 01139-003 – São Paulo/SP
Tel.: (0xx11) 3932-5222
www.editoradcl.com.br

Sumário

Heróis e bandidos 5
O Marechal de ferro 9
O Kaiser 13
A arcádia da Alemanha 17
A vida das estátuas 21
Anchieta 24
Garimpeiros 26
Uma comédia histórica 30
Plano de uma cruzada 34
I 34
II 38
III 41
A missão da Rússia 45
Transpondo o Himalaia 49
Conjecturas 52
Contrastes e confrontos 57
Conflito inevitável 61
Contra os caucheiros 65
Entre o Madeira e o Javari 68
Solidariedade sul-americana 72
O ideal americano 75
Temores vãos 79
A esfinge 82
Fazedores de desertos 87
Entre as ruínas 91
Nativismo provisório 95
Um velho problema 98
Ao longo de uma estrada 104
Civilização 109

Contrastes e confrontos

Heróis e bandidos

*N*um dia de setembro de 1820 chegou à tristonha Assunção, do Dr. Francia, um prisioneiro ilustre e sexagenário, a quem, entretanto, não se concedera o preito da mais iminuta escolta. Vinha só; passou, a cavalo, pelas longas ruas retilíneas e retangularmente cruzadas entre janelas de grades, à maneira de extensos corredores de uma prisão vastíssima, e descavalgou no largo onde se erige o palácio do governo.

Viu-se então que a idade o não abatia. Num desempeno de rapaz atlético aprumavase- lhe a estatura elegantíssima entre as voltas do poncho desbotado que lhe desciam até às botas de viagem, flexíveis e armadas das rosetas largas das esporas retinindo ao compasso de um andar seguro.

Grande sombrero de abas derribadas cobria-lhe a meio a face magra; e naquela face rígida, cindida de linhas incisivas e firmes — como se um buril maravilhoso ali rasgasse a imagem da bravura, num bloco palpitante de músculos e nervos — um olhar dominador e duro, velado de tristeza indescritível.

Era José Artigas, o motim feito homem, o primeiro molde dos caudilhos, primeiro resultado dessa combinação híbrida e anacrônica de D. Quixote, do Cid e de Hernani — a idealização doentia, a coragem esplendorosa e o banditismo romântico — indo perpetuar na América a ociosidade turbulenta, a monomania da glória e o anelo de combates que sacrificaram a Espanha do século XVII.

Correra-lhe a vida aventurosa e tumultuária. Chefe de contrabandistas arremessado à ventura pelas coxilhas da Banda Oriental e do Rio Grande, transformara-se logo depois, com o mais doloroso espanto dos quadrilheiros condutícios, em capitão de carabineiros da metrópole que o captara, impondo-lhe o exercitar sobre os antigos sócios de desmandos uma fiscalização incorruptível e feroz, até que se voltasse contra a mesma metrópole, transmudado em tenente-coronel revolucionário, e avantajando-se aos maiores demolidores do antigo vice-reinado, ou se transfigurasse de chofre em general, "Jefe de los Orientales y protector de las ciudades libres", arremetendo com os irmãos de armas da véspera e destruindo a solidariedade platina, com o afastamento do Uruguai.

Salteador, policial, revolucionário, chefe de governo.. Por fim, caiu. A tática estonteadora quebraram-lha os voluntários reais de Lecor, endurecidos na disciplina incoercível de Beresford; e traído pelos seus melhores sequazes, sem exército e sem lar, errante e perseguido, viera bater às portas do seu mais sinistro adversário, a quem tanto afrontara nas antigas tropelias.

O ditador não lhe apareceu, mas não o repeliu: mandou-o para um convento. Extraordinário e enigmático Dr. Francia! Este ato denuncia-lhe do mesmo passo a índole retrincada, a ironia diabólica e a ríspida educação política que tanto o incompatibilizava com o heroísmo criminoso daqueles esmaniados cavaleiros andantes da liberdade. Entre o borzeguim esmoedor e a estrapada desarticuladora só lhe dependiam de um gesto todos os requintes das torturas: escolheu uma cela e constringiu ali dentro, entre paredes nuas, sobre alguns metros quadrados de soalho, uma vida que se agitara desafogadamente nos cenários amplíssimos dos pampas.

A vingança era, como se vê, antes de tudo, uma lição duríssima, mas foi improdutiva.

Artigas deixara no Estado Oriental o seu melhor discípulo, Frutuoso Rivera, e em torno deste e de seu êmulo e companheiro de armas, Lavalleja, veio desdobrando-se até ao nosso tempo esta interessantíssima farândola de heróicos degenerados, que invadem desabaladamente a história, fugindo da polícia correcional, e vêm desfilando ante a civilização, surpreendida, sob aspectos vários, que vão do astucioso Urquiza a esse desassombrado Aparício, que nesta hora convulsiona todas as paragens entre o Taquarembó e o Salto.

Em todos, uniformes na disparidade dos temperamentos, do sanguinário Oribe ao destemeroso Lavalleja, que nos arrebatou a Cisplatina, os mesmos traços característicos: a combatividade irrequieta, a bravura astuciosa e a ferocidade não raro sulcada de inexplicáveis lances generosos.

Traçar-lhes a história é fazer em grande parte a nossa mesma história militar. Quase toda a nossa atividade guerreira tem tido uma diretriz predominante naquela fronteira perturbadíssima do Rio Grande, há cem anos batida a patas de cavalos, e estirando-se como longo diafragma por onde nos penetra, numa permanente endosmose, o espírito febril da caudilhagem, obrigando-nos por vezes a colaborar também, a pontaços de lanças, naquelas revoluções crônicas e naquele regime clássico de tropelias.

Ali, na longa faixa que se estira de Jaguarão ao Quaraim, o gaúcho resume, na envergadura possante e no ânimo resoluto e inquieto, os traços proeminentes de dois povos.

Não há destacá-los às vezes. O bravo e versátil Rivera copia servilmente o versátil e bravo Bento Manoel; Lavalleja, um Bayard vibrátil e volúvel, afeiçoado a todas as temeridades, se acaso o nobilitasse a disciplina, irromperia na figura escultural do primeiro Mena Barreto.

Ainda agora o Aparício oriental tem uma larva, o João Francisco rio-grandense: acorrentai o primeiro num posto sedentário, e tereis o molosso ferocíssimo da fronteira; arremessai o segundo pelo revesso das coxilhas, e vereis o caudilho...

Daí as surpresas que muitas vezes nos saltearam naquelas bandas. Notemos uma, de relance. A Guerra do Paraguai, em que pese aos seus velhos antecedentes, teve, inegavelmente, um prelúdio muito expressivo nas ruidosas "califórnias", que arrebataram os nossos bravos patrícios aos entreveros entre blancos e colorados. A primeira bandeira que ali congregou brasileiros e orientais foi o pala do general Flores, desdobrado e ruflando nas correrias vertiginosas. E quaisquer que fossem depois os milagres de uma diplomacia que desde 1853 e 1858 vinha lentamente suplantando o malquerer e a vesânia de Lopes, talvez não nô-lo impedisse mais, desde a hora em que os peleadores de um e de outro lado, guascas e gringos, mas uniformemente gaúchos, entrelaçassem, sobre o solo vibrante das campinas, os laços e as bolas silvantes, objetivando a fraternidade sanguinolenta que os atrai àqueles trágicos divertimentos, e às arrancadas súbitas, e às batalhas originalíssimas e minúsculas dispersas em torneios céleres, feitas de perseguições e de fugas, e nas quais raro se queima um único cartucho, porque ao lidador selvagem o que sobretudo apraz é desfechar sobre o contrário os golpes simultâneos de cinco armas formidáveis — a lança e as quatro patas do cavalo...

Ora, esta identidade de estímulos, efeito de antiquíssimo contágio, reveste-nos de importância considerável a situação atual do Uruguai. Entretanto, atraída por outros sucessos, toda voltada para a Amazônia ameaçada, ou para o enorme duelo do Extremo Oriente, a opinião geral mal se impressiona com aquelas desordens. Um ou outro telegrama, impertinente e mal lido, entre outros casos de maior monta, nos denuncia de longe em longe que o caudilho rebelado ainda respira.

A despeito de não sabermos quantas derrotas para logo corrigidas com outras tantas fugas triunfais, rompendo entre as tropas do governo vitoriosas e desapontadas — no "Passo dos Carros", em Taquarembó, em Daimam, em Salto, em Santa Luzia e em Santa Rosa, na Concórdia, no Aceguai e em toda a parte — a revolta irradia para toda a parte, intangível e invencível, espalhando alarmas desde Montevidéu, inopinadamente ameaçada de um assalto, às remotas povoações e estâncias do interior, de súbito despertadas pelo tradicional ahy vienen! que há um século por ali espalha e atira fora dos lares as gentes retransidas de espanto ante o estrupido dos cavaleiros errantes e ferozes...

Vencido pelo general Moniz desde os primeiros dias da luta; acutilado, e algumas vezes morto a golpes de telegramas; erradio, ou fugindo com os restos de uma tropa desmoralizada, para o abrigo da nossa fronteira salvadora, Aparício Saraiva recorda uma paródia grosseira do herói macabro do Romancero, morto e espavorindo os inimigos.

Pelo menos a sua revolução, tantas vezes destruída e tantas vezes renascente, tem a estrutura privilegiada dos pólipos: despedaçá-la é multiplicá-la.

Ainda neste momento, rijamente repelido do Salto, este combate perdido parece ter tido o efeito único de remontar-lhe a cavalhada, permitindo-lhe a divisão das forças em três corpos, que, dirigidos por ele, por Lamas e Muñoz, vão refluir de novo sobre todo o Uruguai e reeditar a mesmice inaturável das refregas inúteis e das correrias e das derrotas e das eternas vitórias telegráficas — enfeixadas todas numa anarquia deplorável cujo termo e cujas consequências dificilmente se prevêem.

Lutas à gandaia, adstritas ao sustento aleatório das estâncias saqueadas, em que o soldado surge pronto de todos os lados, laçando os adversários como laça os touros bravios, combatendo ou "parando o rodeio", sem notar diferenças nas azáfamas perigosas, elas podem prolongar-se indefinidamente.

Bastam-lhes como recursos únicos alguns ginetes ensofregados e o pampa: a disparada violenta e o plaino desimpedido; a velocidade e a amplidão...

Daí os seus principais inconvenientes. O duradouro dessas desordens à ourela de uma fronteira agitada fez sempre a mais prejudicial dissipação dos nossos esforços e do nosso valor.

Quando se traçar o quadro emocionante das nossas campanhas do Sul, que vêm, desde as arrancadas na colônia do Sacramento, desdobrando-se numa interminável série de conflitos sulcados de armistícios e de desfalecimentos, ver-se-á que aos nossos melhores generais coube sempre o arriscadíssimo papel de uns tenazes e brilhantes caçadores de caudilhos e de tiranos irrequietos.

Felizmente, mudaram-se os tempos.

E certo não mais nos atrairão a dispendiosas aventuras aqueles estonteados heróis, singulares revenants, que nestes tempos de utilitarismo positivo exigem apenas, prosaicamente, e de acordo com a lição memorável de Francia, um termo de bem viver e uma cadeia.

Contrastes e confrontos

O Marechal de ferro

No meio em que surgiu, o marechal Floriano Peixoto sobressaía pelo contraste. Era um impassível, um desconfiado e um cético, entre entusiastas ardentes e efêmeros, no inconsistente de uma época volvida a todos os ideais, e na credulidade quase infantil com que consideramos os homens e as coisas. Este antagonismo deu-lhe o destaque de uma glória excepcionalíssima. Mais tarde o historiador não poderá explicá-la.

O herói, que foi um enigma para os seus contemporâneos pela circunstância claríssima de ser um excêntrico entre eles, será para a posteridade um problema insolúvel pela inópia completa de atos que justifiquem tão elevado renome. É um dos raros casos de grande homem que não subiu pelo condensar no âmbito estreito da vida pessoal as energias dispersas de um povo. Na nossa translação acelerada para o novo regime ele não foi uma resultante de forças, foi uma componente nova e inesperada que torceu por algum tempo os nossos destinos.

Assim considerado, é expressivo. Traduz de modo admirável, ao invés da sua robustez, a nossa fraqueza.

O seu valor absoluto e individual reflete na história a anomalia algébrica das quantidades negativas: cresceu, prodigiosamente, à medida que prodigiosamente diminuiu a energia nacional. Subiu, sem se elevar — porque se lhe operara em torno uma depressão profunda. Destacou-se à frente de um país, sem avançar — porque era o Brasil quem recuava, abandonando o traçado superior das suas tradições...

Diante da sua figura insolúvel e dúbia, os revolucionários apreensivos traçavam na tarde de 14 de novembro o ponto de interrogação das dúvidas mais cruéis, e ao meio-dia de 15 de novembro os pontos de admiração dos máximos entusiasmos. Não se conhece transformação, ao mesmo passo, tão repentina e tão explicável.

Sobretudo explicável. O seu prestígio nascera paradoxalmente antes da revolução.

Sabia-se, ou conjecturava-se, que sobre o regime condenado velava, imperceptível, aquela astúcia silenciosa, formidável e cauta, contraminando talvez dentro do próprio exército o traço subterrâneo da revolta; ou acompanhando-o talvez, linha por linha, ponto por ponto, num paralelismo assombroso, e no prodígio de conspirar contra a conspiração, ajustando soturnamente o rigorismo da lei ao lado da rebeldia incauta, de modo que esta, ao estalar, tivesse de improviso, em cima, irrompendo da sombra, a mão possante que a jugularia.

Esta dúvida, ou dolorosíssima suspeita — sabem-no todos os revolucionários, embora muitos a negassem depois — era a mais inibitória incerteza entre tantas outras que nos manietavam.

Revela-o um incidente inapreciável como muitos outros, porque o 15 de novembro foi uma glorificação exagerada de minúcias:

Na véspera daquele dia, às 10 horas da noite, toda a segunda brigada, em plena revolta, estava em forma e pronta para a marcha. Mas antes de a realizar sucedeu o fato ilógico e inverossímil de seguir um capitão mandado pelos chefes revolucionários, a participar o acontecimento ao próprio ajudante-general de exército, ao marechal Floriano.

Por um impulso idêntico ao do criminoso que segue, num automatismo doentio, a confessar o crime ao juiz que o apavora, a conspiração denunciava-se. Atirava aquela cartada arriscadíssima; iludia o temor do adversário procurando-o; trocava a expectativa do perigo pelo perigo franco.

Mas nada conseguiu. Diante do oficial rebelde que viera de São Cristóvão a procurá-lo, encontrando-o na única sala que se destacava iluminada no vasto quartel do Campo de Santana imerso na mais profunda treva — o marechal Floriano apareceu ainda mais indecifrável. Determinou, com a palavra indiferente de quem dá a mais desvaliosa ordem a uma ordenança, que se desarmasse a brigada sediciosa. Mas não fez a recriminação mais breve, ou traiu o mais fugitivo espanto; e não prendeu o parlamentário indisciplinado que ao sair adivinhou, adensados no escuro, dentro, no vasto pátio interno, todos os batalhões de infantaria, com as espingardas em descanso, e de baionetas caladas onde se joeirava, salteadamente, em súbitos reflexos, o brilho das estrelas...

A consulta à esfinge complicara o enigma. Como interpretar-se aquela ordem apenas balbuciada pela primeira autoridade militar rodeada da parte mais numerosa da guarnição que os regimentos levantados iriam encontrar vigilante e firme nas formaturas rigorosas?...

A revolta desencadeou-se nesta indecisão angustiosa, e foi quase um arremesso fatalista para a derrota.

Porque a vitória foi uma surpresa; e desfechara-a precisamente o homem singular que equilibrara até ao último minuto a energia governamental e a onda revolucionária — até transmudar a própria infidelidade no fiel único da situação, de súbito inclinado para a última.

Este golpe teatral, deu-o com a impassibilidade costumeira; mas foi empolgante.

Minutos depois, quando diante do ministério vencido o marechal Deodoro alteava a palavra imperativa da revolução, não era sobre ele que convergiam os olhares, nem sobre Benjamin Constant, nem sobre os vencidos — mas sobre alguém que a um lado, deselegantemente revestido de uma sobrecasaca militar folgada, cingida de um talim frouxo de onde pendia

Contrastes e confrontos

tristemente urna espada, olhava para tudo aquilo com uma serenidade imperturbável. E quando, algum tempo depois, os triunfadores, ansiando pelo aplauso de uma platéia que não assistira ao drama, saíram pelas ruas principais do Rio — quem quer que se retardasse no quartel-general veria sair de um dos repartimentos, no ângulo esquerdo do velho casarão, o mesmo homem, vestido à paisana, passo tranquilo e tardo, apertando entre o médio e índex um charuto consumido a meio, e seguindo isolado para outros rumos, impassível, indiferente, esquivo...

E foi assim — esquivo, indiferente e impassível — que ele penetrou na história.

***

Vimo-lo depois, de perto, na conspiração contra o golpe de Estado de 3 de novembro.

A sua casa no Rio Comprido era o centro principal da resistência. Ia-se para lá de dia, em plena luz: nenhuns resguardos, nenhuma dessas cautelas, e ânsias ou sobressaltos, com os quais numa conspiração se romanceiam os perigos. Os conspiradores iam, prosaicamente, de bonde; saltavam num portão, à direita; galgavam uma escada lateral, de pedra; e viam-se a breve trecho num salão modesto, com a mobília exclusiva de um sofá, algumas cadeiras e dois aparadores vazios. Lá dentro, janelas largamente abertas, como se se tratasse da reunião mais lícita, rabeava ferozmente a rebeldia: gizavam-se planos de combate; balanceavam-se elementos ou recursos; pesavam-se incidentes mínimos; trocavam-se alvitres, denunciavam-se trânsfugas, enumeravam-se adeptos, e, nas palestras esparsas em grupos febricitantes, vibrava longamente este entusiasmo despedaçado de temores que trabalha as almas revolucionárias.

De repente, uma ducha enregelada: aparecia o marechal Floriano com o seu aspecto característico de eterno convalescente e o seu olhar perdido caindo sobre todos sem se fitar em ninguém. Sentava-se, vagarosamente; e no silêncio, que se formava de súbito, lançava uma longa e pormenorizada resenha dos achaques que o vitimavam. Era desalentador.

Passado, porém, aquele sobressalto invertido, aquela quietude alarmante e aquela calma impertinente, mais cruciante do que a ansiedade anterior, renovava-se a agitação; — e no gisarem-se planos, no balancearem-se recursos, no pesarem-se todos os incidentes, no contraposto, no revolto, no desordenado dos diálogos esparsos, ou cruzando-se, ou afinal fundidos na palavra única de alguém que atirava, de golpe entre os grupos uma notícia emocionante, naquele tumulto, o homem que era a nossa esperança mais alta lançava avaramente um monossílabo, um não apagado, um sim imperceptível no balanço fugitivo da cabeça, ou abria a encruzilhada de um talvez...

Saía-se jurando que estivera na sala um traidor, impossibilitando-lhe o livre curso das ideias. Porque, isoladamente, a cada um dos que lá iam, ele se manifestava com a sua lucidez incomparável.

Aceitava-se um a um; repelia-nos unidos. E a pouco e pouco naquele retrair-se cauteloso, naquele escorregar precavido sobre todas as questões que se lhe propunham na reunião revolucionária, tão diferente do firme, do definido e do claro de pensar, que, parceladamente, manifestava a cada um dos que a constituíam, ele foi infiltrando na conspiração a sua índole retrátil e precatada. Por fim — confiava-se no melhor companheiro da véspera... desconfiando.

É natural que a trama sediciosa se alastrasse durante vinte dias, inteiramente às claras e imperceptível; e que ao irromper a 23 de novembro o movimento da Armada — simples remate teatral da mais artística das conspirações — o marechal Floriano, imutável na sua placabilidade temerosa, seguisse triunfal e tranquilo para tomar o governo, "obedecendo" a um chamado do Itamarati, espantosamente disciplinado no fastígio da rebeldia que alevantara — e indo depor o marechal Deodoro vencido, com um abraço, um longo e carinhoso abraço, fraternal e calmo.

***

Conta-se que ao estalar a revolução de 6 de setembro, no meio do espanto, e do alarma, e do delírio de adesões e entusiasmos que para logo repontaram de todos os lados, gerando aquela angustiosíssima comoção nacional culminada pela loucura trágica de Aristides Lobo — conta-se que o marechal Floriano requintara na proditória quietude.

Impassível naquele estonteamento, superpôs ao tumulto o seu meio sorriso mecânico e o seu impressionador mutismo.

Num dado momento, porém, abeirou-se de uma das janelas do palácio aberta na direção aproximada do mar; e ali quedou um minuto, meditativo, na atitude habitual da sua apatia, enganosa e falsa.

Depois alevantou vagarosamente a mão direita, espalmada, vertical e de chapa para o ponto onde se adivinhavam os navios revoltosos, no gesto trivial e dúbio de quem atira de longe uma esperança ou uma ameaça...

Traçou naquele momento o molde da sua estátua. Nenhum escultor de gênio o imaginará melhor, a um tempo ameaçador e plácido, sem expansões violentas e sem um tremor no rosto impenetrável, desdobrando silenciosamente, diante do assalto das paixões tumultuárias e ruidosas, a sua tenacidade incoercível, tranquila e formidável.

O Kaiser

Bismarck, sempre tão penetrante nos conceitos que disparava — disparava é o termo próprio àquela sua ironia férrea, que matava como as balas — definiu, certa vez, a política do segundo império, fantasista e frívola, e tão estonteada na Europa, ou na América, na Itália, ou no México, entre deslumbrantes frivolidades, em que se dissipava o heroísmo tradicional da França:

— "Era uma política de gorjetas."

Depois, esculpiu com quatro pranchadas de pena o homem que a inspirava: "Napoleão III, com o seu egoísmo de corretor, incidiu no vício dos antigos diplomatas italianos, que confundiam a diplomacia e a perfídia. Tinha uma política ao mesmo passo bem ponderada e quimérica, complicada e ingênua. Pensando trabalhar para a França, abalou-lhe a liberdade e trouxe durante vinte anos, a Europa em contínuo alarma, mercê de suas indefinidas ambições. Faltavam à sua inteligência precisão e eficiência, a par de uma extraordinária fé na sua estrela, levando-o às mais ousadas tentativas com os planos mais quiméricos."

Ora, Bismarck fazia então, sem o imaginar, o retrato da Alemanha de agora e do Kaiser.

Bem pouco há que alterar naquelas linhas lapidárias.

A terra clássica do bom senso equilibrado, da frieza de propósitos e da perseverança tranquila, há dez anos que sobressalteia a Europa, graças à imaginação ardente, às fantasias e à vaidade feminil, laivada de arreganhos militares, de seu imperador imensamente francês, e francês antigo, romântico, imprevidente e aventureiro.

É um caso notável — o aspecto transcendental, talvez, dessa revanche tão longamente acariciada pela França e que aparece espontânea, trocadas inteiramente as fisionomias das duas vizinhas irreconciliáveis.

Realmente, a Alemanha, que acordou tarde para a expansão colonizadora — longo tempo iludida pela visão errada de Bismarck, preferindo ao melhor trato de território longínquo o arcabouço do último granadeiro pomerânio — a Alemanha agita-se hoje num estonteamento.

A dilatação territorial impõe-se-lhe como uma condição de vida, não já no sentido superior de um primado de ideias, senão também no sentido estritamente biológico da própria alimentação. O seu industrialismo robusto matou-lhe a produção agrícola, de sorte que a sua vida intensíssima, a mais intensa da Europa, em grande parte desviada à agitação fecunda das fábricas, é de todo aleatória. Não lha garante, mesmo imperfeitamente, a terra, cada vez mais escassa, à medida que lhe vai crescendo o povoamento, constrito entre as fronteiras inteiriças. Daí o seu arremesso dos estaleiros de Kiel para o desimpedido dos mares, visando amplificar a pátria, insuficiente, com o solo artificial e móvel dos conveses de uma frota mercante, que é a segunda do mundo, exigindo, paralelamente, as garantias de uma marinha de guerra formidável.

Mas, neste concorrer à partilha da terra, com todos os inconvenientes de quem chega tarde e encontra os melhores bocados noutras mãos, a política germânica tem sido, de fato, copiando-se a frase do lendário chanceler de ferro, — uma política de gorjetas. Nem lhe disfarça este caráter decaído a maneira arrojada que a reveste. Em todos os seus atos — nos arrogantes ultimata contra a frágil Venezuela, nos assaltos ferocíssimos de Waldersée, em Pequim, ou nas tortuosidades e perfídias diplomáticas que rodeiam a longa história da estrada para Bagdá, ou, ainda, no ganancioso alongar de olhos para os nossos Estados do Sul, a sua ânsia alucinada do ganho, pela pilhagem dos últimos restos da fortuna dos países fracos, pode assumir todas as formas, até mesmo o aspecto heróico: mas destaca-se com aquele traço inferior e irredutível.

Falta-lhe um Witte, falta-lhe um Chamberlain, falta-lhe um Roosevelt, e — note-se esta ironia singular da história — falta-lhe um Delcassé, ou um Combes...

***

Tem Guilherme II, um grande homem inédito.

Realmente, o Kaiser é uma promessa cada vez maior e mais irrealizável.

Bismarck esboçou-se sem o saber, de ricochete, pela fisionomia de Napoleão III, mas fezlhe a caricatura apenas, a largos traços, vivos; e os melhores psicólogos, ao escandirem os seus atributos característicos, não descobrem de onde lhe advêm tão antigermânicas qualidades. Perquirem-lhe a linhagem toda, e não lobrigam, nos confins indecisos do século XIII, o príncipe obscuro, misto de minnesänger e de soldado, errante, de castelo em castelo, pela Baviera em fora, todo vestido de ferro, feito um caçador de glórias e de perigos, a cantar o amor e a coragem, que veio, por um milagre de atavismo, surgir tão de pancada e estonteadamente em nossos dias...

É um revenante; e este evadido do passado, ao mesmo passo que se isola na Alemanha, vai isolando a Alemanha do convívio das nações.

Autocrata sem rebuços num império constitucional, em que os seus secretários particulares substituem os ministros responsáveis, aperta-se no estreitíssimo círculo de uma Corte louvaminheira, que não só o afasta do influxo austero da opinião pública germânica, como o impropria a avaliar os desastrosos efeitos de sua garrulice inconveniente sobre todas as nações. Embalde von Treitschke, o notável sucessor de Mommsen, denuncia "o exagerado culto teocrático à majestade que macula a monarquia prussiana " e as formalidades e .cerimônias de uma Corte, onde "há a abjeção estagnada do servilismo oriental"; ou o Dr. Hann, secretário da Liga Agrária,

Contrastes e confrontos

denuncia nuamente, em público, o acabamento das qualidades superiores de consistência, de continuidade e de firmeza da inabalável política bismarckiana. O imperador não os ouve; repele-os.

Eles não lhe embalam a vaidade, não lhe aplaudem os discursos, não lhe admiram as concepções, não se enfileiram na numerosa claque que lhe proclama o enciclopedismo distenso. Wirchow atravessou o seu reinado, inteiramente desfavorecido, porque era liberal. Hauptmann, o maior dramaturgo da Alemanha, figura-se-lhe um rabiscador inaturável; a sua grande voz não vinga o abafamento dos reposteiros de Potsdam. Hoje o gênio laureado na terra sonhadora de Goethe é o capitão Lanff, um lírico de caserna. Para este todos os requintes dos favores imperiais, porque os seus dramas, impostos por decreto a todos os teatros subsidiados do Império — os seus dramas tremendos, refertos de cutiladas, de tiros, de urros pavorosos de terribilíssimos heróis, em que os entrechos se embaralham pisoados de cargas de cavalaria — são a apologia sanguinolenta dos Hohenzollerns. Reconhece-se que são maus, que são positivamente idiotas, no tacanhear dos conceitos, na frase cambeateante e perra, nos enredos desconexos e nos desenlaces abstrusos – mas lisonjeiam a vaidade imperial.

Esta vaidade é tudo, e para a satisfazer tudo se sacrifica.

Mostra-o o mesmo exército alemão, que, durante tanto tempo, foi o pavor da Europa. Viu-se-lhe, depois, a imponente fragilidade.

É um exército decorativo, adrede instruído a que rebrilhe ao sol dos dias festivos a espada virginalmente inocente do Kaiser, diante da burguesia assustadiça.

Revelou-o, recentemente ainda, Walf von Schierbraum, e propositadamente escolhemos, não já um prussiano, mas um rígido prussiano da guerra de 70, para que se firme este conceito: "O imperador, graças à sua índole espetaculosa, preparou o exército, não para a luta consoante a tática e as armas atuais, mas como se ainda vivêssemos nos antigos tempos."

E logo adiante, textualmente: "Há quinze anos que o educa para falsas batalhas, arremetendo com imaginários inimigos, em condições tais, que lhe acarretarão completo extermínio em qualquer campanha destes dias."

É um exército de paradas. Guilherme II conserva-o, cheio de desvelos de artista e de colecionador de raridades — como um de seus avós, Frederico Guilherme I, conservava os seus granadeiros de dois metros de altura. e os seus dragões torreantes — cuidadosamente, fora das intempéries danosas das batalhas...

Ele é a sua claque favorita e temerosa; e acredita-se, por vezes, que se arma contra a própria Alemanha.

Quando o imperador escreveu, no Livro de Ouro de Munique, o seu célebre *suprema lex regis voluntas*, ninguém aplaudiu a barbaria deste latim certíssimo, mas os feldmarechais deliraram, eletrizados.

Pouco tempo depois, ao rematar um de seus discursos perigosos com aquele: "Todos vós deveis ter uma vontade, a Minha vontade, e uma só lei, a Minha lei" — houve em toda a Alemanha um doloroso espanto, e o partido socialista, crescente à medida que a vontade imperial impõe ao Reichstag sucessivos aumentos de baionetas, replicou-lhe com uma de suas manifestações ruidosas. O Kaiser assusta-se; mete-se, assombrado, entre as fileiras adensadas, no campo de manobras de março de 1900, e ali, sob a hipnose estonteadora de milhares de espadas rebrilhantes: "Se Berlim renovar contra o seu rei o insolente levante de 1848, vós, meus granadeiros, corrigireis os rebeldes a pontaços de baionetas!" E houve um longo, estrepitoso aplauso ...

Nada mais límpido no delatar o seu antagonismo com a própria capital do Império, se inúmeros outros casos não o atestassem sob variadíssimas formas.

Sumo árbitro em tudo, em política, como em música, em arquitetura,como em poesia, em pintura, como em qualquer ciência; estrategista, dramaturgo, arqueólogo, teólogo, inédito em tudo, poeta sem um verso, filósofo sem um conceito, músico sem uma nota, guerreiro sem um golpe de sabre, esse dissipar a individualidade irrequieta, espraiando-a largamente sobre todas as coisas, tem-lhe acarretado sucessivos desapontamentos.

Aqui, um edifício, o novo palácio de Reichstag, é o melhor exemplo, que se lhe afigura monstruoso aleijão, na mesma hora em que todos os profissionais alemães consagravam em verdadeira apoteose o arquiteto feliz que o planeou; além, um músico, que se lhe afigura simplesmente detestável — e que se imortaliza, e é Wagner...

Não raro, o antagonismo avulta e enreda-se ao ponto de dirimir-se nos tribunais. Há tempos o imperador, no meio de seus pensares, teve uma ideia surpreendente: construir mais igrejas em Berlim. Uma obsessão de artista. Entristecia-o, talvez, o belo firmamento berlinês, arqueado e vazio sobre as casernas acaçapadas, ou chatos alpendres de fábricas, sem o delicado granito das rosáceas, sem um grande, um arrebatador e vivo tumultuar de campanários alterosos... E a este propósito fez que ressurgisse uma lei obsoleta, de há quatro séculos, pela qual a cidade se obrigava a construir um número de templos proporcional ao de habitantes. O fóssil decreto medieval, porém, caiu estrepitosamente sob a condenação dos juizes...

Assim por diante.

É natural que a Alemanha se isole, perenemente ameaçadora e ameaçada.

Nada se pode prever na sua política ferretoada de caprichos. Rodeia-se a suspeita receosa das nações.

E, no momento agudo que vai passando, nesta vasta crise universal, apenas começada nos recantos do Extremo Oriente, quando os máximos resguardos presidem os atos de todos os governos, devem-se aguardar todas as surpresas da volubilidade alarmante e das arrancadas românticas daquele minúsculo deus do Eda, desgarrado na terra e errando entre as gentes — incompreendido, idealista e temeroso — como se fosse um neto retardatário das Valquírias.

A arcádia da Alemanha

Este belo título clássico cabe ao Brasil. É o que nos revela um sociólogo qualquer da Contemporary Review, um dos muitos que hoje arremetem, aforradamente, com o indefinido das questões sociais. É inglês; e o argumento essencial ressalta-lhe na resvaladura desta cinca: somos um povo sem juízo, e a vitalidade germânica, em breve, nos absorverá. Registre-se-lhe a frase, onde à massuda sisudez britânica aflora o riso da alacridade ibérica: The brazilians themselves, as Dom Quixote said of Sancho Pansa, are people ol "muy poca sal en la mollera".

É interessante. Para o filósofo, pinturesco no amenizar de jogralidades, cogitações tão maciças, temperando o seu Hegel com Cervantes, somos decididamente um povo pródigo, doidivanas, que anda na história a esperdiçar uma herança. Impõe-se-nos a curadoria de um protetorado ou de uma conquista mansa, o carinhoso puxão de orelhas paterno com que se reaviam os pupilos inexperientes. É um caso em que o direito internacional, cujo elastério vai aumentando à medida que se dilatam as parábolas das balas, pode humanizar-se, transmudando-se no código civil proeminente das nações.

De feito, vai, ao parecer, dando demasiado nas vistas esta nossa vida fácil e perdulária, esta nossa vida à gandaia, ociosa e comodista, sobre a enorme fazenda de uns quatrocentos milhões de alqueires de terras, onde sesteamos, fartos, entre os primores de uma flora que tem tudo, desde o mais reles cereal ao líber, à fibra e ao látex para os lavores da indústria — e que nos dá tudo de graça com a sua exuberância incomparável, permitindo-nos contemplar (contemplar apenas como coisas meramente decorativas de um vasto parque de recreio) as nossas virgens bacias carboníferas, as nossas montanhas de ferro, as nossas cordilheiras de quartzito, os nossos litorais dourados pelas areias monazíticas, e o estupendo dilúvio canalizado dos nossos rios, e os cerros lastrados de ouro das grupiaras, e os pendores numerosos, onde se desatam perpetuamente as longas fitas alvinitentes da hulha branca à espera das roldanas que elas moverão um dia... Coisas que mal vemos, pisando distraídos sobre o macadame sem preço dos cascalhos diamantinos e errando nos paraísos vazios dos gerais sem fim...

Enquanto isto acontece, a vida de outras gentes, intensíssima e a crescer, a crescer dia a dia, mais e mais se agita, constrita à força na clausura das fronteiras. De sorte que a nossa esplêndida mediocridade se lhes torna em perpétuo desafio, repruindo-lhes a riqueza torturada e a pletora de forças, que, na ordem econômica, caracteriza o moderno imperialismo.

A Alemanha é o melhor exemplo. É o caso típico de um povo sob a ameaça permanente de seu mesmo progresso. Passando, com uma rapidez sem par na história, do regime agrícola em que se aplicavam, há meio século, três quartos da sua gente, para o máximo regime industrial, onde se aplicam hoje dois terços da sua atividade — ficou duplamente adstrita a todas as exigências do expansionismo obrigatório. Para viver e para agir. De um lado, calcula-se que o seu solo, intensamente explorado, no máximo, bastará a alimentar trinta milhões de homens, e ela tem quase o dobro. De outro, cerca de metade das matérias-primas, que lhe alimentam as indústrias, vêm do exterior. Está numa alternativa.

Ou isolar-se num papel secundário e obscuro, procurando, na emigração pacífica, um desafogo à sua sobrecarga humana — ou expandir-se, sistematicamente conquistadora, arriscando-se às maiores lutas.

Preferiu o último caso. Não tinha por onde sair.

A atitude entonada, o recacho atrevido, as hipérboles políticas e todo o gongorismo guerreiro desse Guilherme II, de fartos bigodes repuxados e duros olhos verdes ressumando cintilar de espadas, e os seus arrancos oratórios, as suas inconveniências e os seus exageros, e até as suas temeridades, todas essas coisas anômalas, que, há dez anos, sobressalteiam a Europa — têm o beneplácito dos mais frios pensadores da Germânia.

Há quem descubra naquela figura tumultuária algo de medieval. É, de fato, um revenante.

Mas, por isso mesmo, é o melhor tipo representativo desta situação especialíssima da Alemanha a idealizar, com os mesmos enlevos dos trovadores de suas velhas baladas, a sua missão na terra.

Apenas a odisséia não tem rimas; tem cifras; reponta de argumentos inflexivelmente práticos; e os seus melhores cantores, uns velhinhos mansíssimos, saem do remanso das academias. Resolvem um problema; e não indagam se ele requer, ou dispensa, o processo de eliminação de algumas batalhas.

Para o Dr. Vosberg-Rekow, todo o corpo político-industrial alemão depende do estrangeiro por maneira tal que a súbita parada na remessa das matérias-primas essenciais lhe acarretará desorganização completa — verdadeira ruína que só pode prevenir com uma poderosa marinha apta, do mesmo passo, a fiscalizar os caminhos do mar e a facilitar a conquista de colônias produtivas.

O professor Schmoeller é até alarmante: se a Alemanha se não robustecer bastante nos mares, ao ponto de garantir, perenemente, a importação do trigo

Contrastes e confrontos

de que carece, e, em dadas circunstâncias, exercer uma pressão eficaz sobre os países que lho vendem — a sua própria existência material está em perigo.

Sobre todos, Bassenge, abertamente terrorista, agita três espectros do futuro: a Rússia açambarcando quase toda a Ásia; a América do Norte, com a sua ilimitada energia econômica, derrotando a Europa dentro dos mercados europeus; e a Inglaterra, monopolizando o comércio de um quinto da superfície terrestre. Apelam para a estatística, a serva desleal da sociologia; calculam; perdem-se nas tortuosidades dessa aritmética imaginária, e Schleiden descobre que em 1980 haverá 1.280 milhões de eslavos e anglosaxônios contra 180 milhões de alemães, o que equivale à morte do pan germanismo pelo simples peso material daquela massa humana.

Sering não vai tão longe. A seu parecer, dentro de vinte anos a indústria russa atenderá por si só ao mercado nacional, o que sucederá também com a norte-americana, — e, se a Inglaterra realizar a planejada Imperial Customs Union, o industrialismo alemão ruirá de todo, restando às populações o abandono da pátria.

***

Diante de perspectivas tão sombrias, compreendem-se os lances arrojados da política teutônica, que assumem hoje os mais díspares aspectos— desde a anglofobia exposta durante a Guerra do Transvaal, disfarçando o intento de captar um consumidor na África do Sul, a esta fantástica estrada de ferro de Bagdá, visando transformar Ormuz num Suez prussiano, de onde se facilite uma passagem para o Oceano Índico.

Mas, sobre todos estes expedientes, à medida que faz delirar a quantos filósofos, sábios, meio sábios e sociólogos o fetichismo nacional de Kreisreidee agita entre o reportado von Bulow e o irrequietíssimo imperador, o ideal que estonteia os Wagner, Schmoeller, Hartmann, Vosberg, Schumacher, Voigt, Sering e toda uma legião de foliculários assanhados — é a posse do Brasil do Sul.

Não lhes resta o vacilar mais breve: caímos na órbita da Alemanha, como o Egito na da Inglaterra, e na da Rússia a Manchúria.

O Dr. Leyser — são em geral doutores estes pioneers abnegados — não o disfarça no seu belo livro:

"Hoje, nestas províncias (Paraná, Santa Catarina e Rio Grande do Sul) cerca de 30% dos habitantes são germanos ou seus descendentes; e, por certo, nos pertence o futuro desta parte do mundo. De feito, ali, no Brasil meridional, há paragens ricas e salubres, onde os alemães podem conservar a nacionalidade, e um glorioso futuro se antolha a tudo que se compreende na palavra — germanismo."

Como este, ideiam-se outros projetos imaginários, que fora inútil reproduzir, tão conhecidos são eles. E, intermitentemente, um naturalista de nome arrevesado, H. Meyer, von den Stein, ou qualquer outro, ou esse Dr. Valentim, espécie de repórter enciclopédico de um jornal berlinês, aparece entre nós; traça, em alemão, o melhor das nossas inéditas paisagens, e atira para além-mar, dentro de um livro curioso, ou nas entrelinhas das correspondências admirativas, ou nos cifrões dos relatórios maciços, novos elementos ao fervor expansionista em que, por igual, ali se abrasam, unidos pelo mesmo anelo, militares arrogantes, políticos solertes e austeros pensadores...

***

Ora, tudo isto é monstruosamente verdadeiro; tudo isto forma um dos prediletos assuntos de grande número de revistas, e tudo isto é um exaustivo, um absolutamente estéril bracejar entre miragens.

Que não nos assuste este imperialismo platônico...

Um simples, o mais apagado lance de vista sobre o atual momento histórico revela que a Alemanha não pode abalançar-se, tão cedo, a empresas de tal porte. A sua política expansiva gira num círculo vicioso original; precisa de colônias e mercados estranhos para viver e vencer a concorrência de outros povos; precisa dominar, sob todas as formas, esta concorrência, para conseguir aquelas colônias e mercados.

Dificilmente se forrará aos entraves desta situação penosa.

O seu duelo econômico com a América do Norte e com a Inglaterra é dos que não terminam nunca; a sua incompatibilidade com a França é irremediável; e a aliança com a Itália implica com a solidariedade latina renascente. Guilherme II, com o seu desastrado ansiar pelas simpatias de todo o mundo, só conseguiu um amigo, um deplorável amigo, o seu grande amigo Abdul-Hamid, o sultão vermelho, encouchado, traiçoeiramente, nos Dardanelos, na encruzilhada suspeita de dois mundos...

Resta-lhe o gravitar passivo na órbita desmedida da Rússia. Mas esta há de arrebatá-lo para o Oriente, longe.

Além disto, o princípio de Monroe, interpretemo-lo à vontade, com ser um reflexo político dos interesses estritamente comerciais do ianque, tem o valor de nos facilitar ao menos uma longa trégua.

Podemos deixar estas batalhas de frases contra fantasmas e voltar à luta real, à campanha austera do nosso alevantamento próprio.

Que a Alemanha sonhe à vontade: é a grande terra idealista por excelência, onde os mesmos matemáticos da envergadura de Leibniz são poetas.

Ali nasceu Schiller, de quem se conhece um verso admirável,

Arcádia, pátria ideal de toda a gente!

Sendo assim, errou o minúsculo sociólogo precitado. A Arcádia da Alemanha não é o Brasil.

Lá está dentro dela mesmo, no seu melhor retalho, na Prússia liricamente guerreira e fantasista, onde, nesta hora, tumultuam não sabemos quantos marechais devaneadores e não sabemos quantos filósofos belicosos.

A vida das estátuas

O artista de hoje é um vulgarizador das conquistas da inteligência e do sentimento. Extinguiu-se-lhe com a decadência das crenças religiosas a maior de suas fontes inspiradoras. Aparece num tempo em que as realidades demonstráveis dia a dia se avolumam, à medida que se desfazem todas as aparências enganadoras, todas as quimeras e miragens das velhas e novas teogonias, de onde a inspiração lhe rompia, libérrima, a se desafogar num majestoso simbolismo. Resta-lhe, para não desaparecer, uma missão difícil: descobrir, sobre as relações positivas cada vez mais numerosas, outras relações mais altas em que as verdades desvendadas pela análise objetiva se concentrem, subjetivamente, numa impressão dominante. Aos fatos capazes das definições científicas ele tem de superpor a imagem e as sensações, e este impressionismo que não se define, ou que palidamente se define "como uma nova relação, passiva de bem-estar moral, levando-nos a identificar a nossa sinergia própria com a harmonia natural".

É a "verdade extensa", de Diderot, ou o véu diáfano da fantasia, de Eça de Queiroz, distendido sobre todas as verdades sem as encobrir e sem as deformar, mas aformoseando-as e retificando-as, como a melodia musical se expande sobre as secas progressões harmônicas da acústica, e o arremessado maravilhoso das ogivas irrompe das linhas geométricas e das forças friamente calculadas da mecânica.

Daí as dificuldades crescentes para o artista moderno em ampliar e transmitir, ou reproduzir, a sua emoção pessoal. Entre ele e o espectador, ou o leitor, estão os elos intangíveis de uma série cada vez maior de noções comuns — o perpetuum mobile dessa vasta legislação que resume tudo o que se agita e vive e brilha e canta na existência universal. Diminui-se-lhe a primitiva originalidade. Vinculado cada vez mais ao meio, este lhe impõe a passividade de um prisma: refrata os brilhos de um aspecto da natureza, ou da sociedade, ampliando-os apenas e mal emprestando-lhe os cambiantes de um temperamento. Já lhe não é indiferente, nestes dias, a ideia ou o assunto que tenha de concretizar no mármore ou no livro.

O seu trabalho é a homogenia da sua afetividade e da consciência coletiva. E a sua personalidade pode imprimir-se fundamente num assunto, mas lá permanecerá inútil se destoar das ideias gerais e dos sentimentos da sua época...

***

Tomemos um exemplo.

Há uma estátua do marechal Ney, em que se têm partido todos os dentes da crítica acadêmica e reportada.

Dos múltiplos aspectos da vida dramática e tormentosa do valente, o escultor escolheu o mais fugitivo e revolto: o final de uma carga vitoriosa. O general, cujo tronco se apruma num desgarre atrevido, mal equilibrado numa das pernas, enquanto a outra se alevanta em salto impetuoso, aparece no mais completo desmancho: a farda desabotoada, e a atitude arremetente num arranco terrível, que se denuncia menos na espada rijamente brandida que na face contorcida, onde os olhos se dilatam exageradamente e exageradissimamente a boca se abre num grito de triunfo. É um instantâneo prodigioso. Uma vida que se funde no relance de um delírio e num bloco de metal.

Um arremesso que se paralisa na imobilidade da matéria, mas para a animar, para a transfigurar e para a idealizar na ilusão extraordinária de uma vida subjetiva e eterna, perpetuamente a renascer das emoções e do entusiasmo admirativo dos que a contemplam.

Mas para muitos são perfeitamente ridículos aquela boca aberta e muda, aquele braço e aquela perna no ar. Em um quadro, sim, conclamam, à frente de um regimento, aquela atitude seria admirável. Ali, não; não se compreende aquela nevrose, aquela violência, aquela epilepsia heróica no isolamento de um pedestal.

Entretanto, o que a miopia da crítica até hoje ainda não distinguiu, adivinhou-o sempre a alma francesa; e o legitimista, o orleanista, o bonapartista e o republicano divergentes, ali se irmanam, enleados pelos mesmos sentimentos, escutando a ressoar para sempre naquela boca metálica o brado triunfal que rolou dos Pirineus à Rússia, e vendo na imprimadura transparente e clara daqueles ares não o regimento tão complacentemente requisitado, mas todo o grande exército...

E que a escultura, sobretudo a escultura heróica, tem por vezes a simultaneidade representativa da pintura, de par com a sucessão rítmica da poesia ou da música. Basta-lhe para isto que se não limite a destacar um caráter dominante e especial, senão que também o harmonize com um sentimento dominante e generalizado.

Neste caso, malgrado o restrito de seus recursos e as exigências máximas de uma síntese artística, capaz de reproduzir toda a amplitude e toda a agitação de uma vida num bloco limitado e imóvel — este ideal é notavelmente favorecido pelo sentimento coletivo. A mais estática das artes, se permitem o dizer, vibra então na dinâmica poderosa das paixões e a estátua, um trabalho de colaboração em que entra mais o sentimento popular do que o gênio do artista, a estátua aparece-nos viva — positivamente viva, porque é toda a existência imortal de uma época, ou de um

Contrastes e confrontos

povo, numa fase qualquer de sua história que para perpetuar-se procura um organismo de bronze.

Porque há até uma gestação para estes entes privilegiados, que renascem maiores sobre os destroços da vida objetiva e transitória. Não bastam, às vezes, séculos. Durante séculos, gerações sucessivas os modelam e refazem e aprimoram, já exagerando-lhes os atributos superiores, já corrigindo-lhes os deslizes e vão transfigurando-os nas lendas que se transmitem de lar em lar e de época em época, até que se ultime a criação profundamente humana e vasta. De sorte que, não raro, a estátua virtual, a verdadeira estátua, está feita, restando apenas ao artista o trabalho material de um molde. A de Anchieta, em São Paulo, é expressivo exemplo.

Tome-se o mais bisonho artista; e ele a modelará de um lance.

Tão empolgante, tão sugestiva é a tradição popular em torno da memória do evangelizador, que o seu esforço se reduzirá ao trabalho reflexo de uma cópia. Não pode errar. As linhas ideais do predestinado corrigem-lhe os desvios do buril.

O elemento passivo, ali, não é a pedra ou o bronze, é o seu gênio. A alma poderosa do herói, nascente do culto de todas as almas, absorve-lhe toda a personalidade, e transfigura-o e imortaliza-o com o mais apagado reflexo da sua mesma imortalidade...

Mas há ocasiões (e aqui se nos antolha uma contraprova desta psicologia transcendental e ao parecer singularmente imaginosa) em que a estátua nasce prematura.

Falta-lhe a longa elaboração do elemento popular. Possui talvez admiráveis elementos capazes de a tornarem grande ao cabo de um longo tempo — um longo tempo em que se amorteçam as paixões e se apaguem, pelo só efeito de uma dilatada perspectiva histórica, todas as linhas secundárias de uma certa fase da existência nacional...

Mas não se aguarda esse tempo; não se respeita esse interregno, ou essa quarentena ideal, que livra as grandes vidas dos contágios perniciosos das nossas pequenas vidas; e decreta-se uma estátua, como se fosse possível decretar-se um grande homem.

Então, neste vir fora de tempo, ela é historicamente inviável.

E não há golpes de gênio que a transfigurem.

É uma estátua morta.

Anchieta

O grande missionário reconcilia-nos com a Companhia de Jesus. É o seu maior milagre.

Votada em parte à antipatia de uma forte corrente de sábios e pensadores, como um elemento dispersivo na solidariedade moral dos povos, a instituição, para eles irrevogavelmente condenada, tem, na história, na feição de José de Anchieta, talvez a sua feição mais atraente.

Combatente, na Europa, como centro de resistência do catolicismo ante a irrupção impetuosa da Reforma, combatente no Extremo Oriente ante as religiões seculares do paganismo, ela, ante as tribos ingênuas da América, foi humana, persuasiva, evangelizadora. Incoerente e sombria, pregando no século XVI, exageradamente, através da justificação singular da estranha teoria do regicídio de Mariana, a soberania do povo, e combatendo, aliada aos tronos, essa mesma soberania quando surgia triunfante no século XVIII; precipitando ora os reis sobre os povos, ora os povos sobre os reis; traçando, através da agitação de três longos séculos atumultuados, os meandros de espantosas intrigas — ela foi, na América, coerente na missão civilizadora e pacífica, seguindo a trajetória retilínea do bem, heróica e resignada, difundindo nas almas virgens dos selvagens os grandes ensinamentos do Evangelho.

Não dispersou, uniu.

Ligou à humanidade, emergente da agitação fecunda da Idade Média, um povo inteiro — espíritos jungidos a um fetichismo deprimente, forças perdidas nas correrias guerreiras dos sertões...

E para esta empresa imensa teve entre nós uma alma simples, sem violentos ímpetos de heroicidade, — amplíssima e casta — iluminada pela irradiação serena do ideal.

Daí todo o encanto que ressalta à simples contemplação da bela figura de Anchieta, entregue hoje à existência subjetiva da história, e cujo nome tem na nossa terra a propriedade de fundir todas as crenças e opiniões numa veneração comum.

É que em virtude de causas múltiplas, em que preponderam de um lado as condições do meio e de outro o próprio sentimento dos missionários, a Companhia de Jesus perdeu, no Novo Mundo, a feição batalhadora.

Longe das controvérsias irritantes que circulavam a dissolução do regime católico-feudal, os apóstolos que agiram fora da convulsão que abalava a Europa, com São Francisco Xavier nas Índias e com Anchieta e Nóbrega no Ocidente, ao desdobrarem, diante do gentio deslumbrado, a significação divina da vida, num cândido misticismo, souberam fazer da humildade a

Contrastes e confrontos

forma mais nobre do heroísmo e venceram pelo incutir nas almas obscuras dos bárbaros todo o fulgor que lhes esclarecia as próprias almas. E foram além na missão evangelizadora.

A nossa história o diz: depois do combate incruento à idolatria, depois da catequese das tribos, através de esforços que lembram os primeiros séculos da igreja, animou-os a preocupação capital de salvá-las da escravidão. A ambição extraordinária de audazes aventureiros exigia a força inconsciente do selvagem para as longas pesquisas nos sertões.

A história dolorosa das reduções jesuíticas terminada pelo sombrio epílogo de Guaíra, patenteia uma inversão singular de papéis; o missionário reagia à frente dos bárbaros arrancados às selvas contra os bárbaros oriundos das terras civilizadas.

Desse conflito resulta, em muitos pontos, a feição verdadeiramente heróica do nosso passado.

Ora, os que arcavam, no Brasil, com esta missão múltipla e elevada, definem-se admiravelmente em Anchieta — um nome que é a síntese de uma época.

Grande homem, segundo a definição profunda de Carlyle, a sua história abrange um largo trecho da nossa própria história nacional.

Desde 1554, ao criar o terceiro colégio regular no Brasil, erigindo Piratininga, graças ao estabelecimento de um melhor sistema de proselitismo, esse centro diretor da larga movimentação das missões brasileiras, até 1597, ao expirar em Reritibá, rodeado pelos discípulos e pelas tribos catequizadas, a sua existência, dia por dia, hora por hora, constante no devotamento à mais sagrada das causas, irradia sobre uma época tumultuosa como uma apoteose luminosa e vasta. Soberanamente tranquilo sobre a revolta das paixões, nada o perturbou — nem mesmo quando, colaborando diretamente para a organização futura da nossa nacionalidade, ele ligou a palavra ardente de apóstolo ao cintilar da espada heróica de Estácio de Sá ou, impelindo ao combate os guaianáses leais, repelia as hordas ferozes dos tamoios que investiam contra São Paulo.

Preso entre esses últimos, sob a ameaça persistente do martírio e da morte, a sua alma religiosa expande-se em poema belíssimo no qual a dicção aprimorada se alia à erudição notável. Seguindo ásperos itinerários nos sertões em busca do aimoré bravio, à amplitude de seu espírito não escapa a nossa natureza deslumbrante acerca da qual faz estudos, lidos mais tarde com surpresa por todos os naturalistas, que o proclamaram, pela pena de Auguste Saint-Hilaire, um dos homens mais extraordinários do século XVI. Por toda a parte, em todas as situações de uma carreira longa e brilhante, como simples irmão ou no fastígio do provincialado, enfeixando nas mãos poderes extraordinários, não há um salto, um hiato, um acidente ligeiro perturbando a continuidade da sua existência privilegiada de grande homem — útil, sincero e bom.

25

Fora longo e dificílimo traçá-la, palidamente embora. Mais alto e com mais eloquência do que nós, fala este sentimento sagrado de veneração que pressentimos em torno, amplo, forte e generoso, inacessível às diversidades de crenças e sob cujo influxo se opera em nosso tempo a ressurreição do grande morto de há três séculos.

Garímpeíros

O forasteiro que no último quartel do século XVIII demandasse os povoados de Minas Gerais, eretos da noite para o dia na extensa zona do distrito Diamantino, sentia a breve trecho o mais completo contraste entre a aparência singela daqueles modestos vilarejos e as gentes que neles assistiam.

Entrava pelas ruas tortuosas e estreitas, ora marginando as lezírias dos córregos em torcicolos, ora envesgando, clivosas, pelo viés dos pendores, ladeadas de casas deprimidas de beirais desgraciosos e saídos; percorria-as calcando um áspero calçamento de pedras malgradadas; desembocava num largo irregular onde avultava a picota octogonal do pelourinho, ameaçadora e solitária; deparava mais longe duas ou três pesadas igrejas de taipa; e certo sentiria crescer a desoladora saudade do torrão nativo se naquele curto trajeto não se lhe antolhassem singularíssimos quadros.

Surpreendiam-no, empolgantes, o excesso de vida daqueles recantos sertanejos e o espetáculo original da Fortuna domiciliada em pardieiros.

E, se conseguisse abarcar de um lance a multidão doidejante e inquieta que atestava as vielas e torvelinhava nas praças, teria a imagem estranha de uma sociedade artificial, feita de elementos díspares transplantados de outros climas e mal unidos sobre a base instável, dia a dia destruída, ruindo solapada pela vertigem mineradora — da própria terra em que pisavam.

Acampado nos cerros, o povo errante levava para aqueles rincões — escalas transitórias ocupadas à ventura — todos os hábitos avoengos que não afeiçoavam ao novo meio. E estadeava todos os seus elementos incompatíveis fortuitamente reunidos, mas repelindo-se pelo contraste das posições e das raças: — dos congos tatuados que moirejavam nas lavras, com a rija envergadura mal velada pelas tangas estreitas ou rebrilhando, escura, entre os rasgos das roupas de algodão; aos contratadores ávidos e opulentos, passan-

Contrastes e confrontos

do por ali como se andassem nas cidades do reino, entrajando as casacas de veludo, de portinholas e canhões dobrados, abertas para que se visse o colete bordado de lantejoulas, descidas sobre os calções de seda de Macau atacados com fivelas de ouro. A grenha inextricável do africano chucro contrastava com a cabeleira de rabicho, empoada e envolta de um cadarço de gorgorão rematando numa laçada, do peralvilho rico; a alpercata de couro cru estalava rudemente junto do sapato fino, pontiagudo, cravejado de pérolas, do reinol casquilho, graciosamente bamboleante com o andar que ensinavam os "mestres de civilidade"; o cacete de guarda-costas vibrava próximo do bastão de biqueira de ouro, finamente encastoado; e o facão de cabo de chifre, do mateiro, fazia que ressaltassem, mais artísticos, os brincos de ourivesaria dos floretes de guarnições luxuosas dos fidalgos recémvindos.

Ia-se de um salto de uma camada social a outra.

Parecia não haver intermédios àquela simbiose da escravidão com o ouro, porque não havia encontrá-los mesmo no agrupamento incaracterístico, e mais separador que unificador, dos solertes capitães-do-mato, dos meirinhos odientos, dos bravateadores oficiais de dragões, dos guardas-mores, dos escrivães, dos pedestres e dos exatores, açulados pelas ruas, farejando as estradas e as picadas, perquirindo os córregos e os desmontes, em busca do escravo; filando-se às pernas ágeis dos contrabandistas; colados no rastro dos contraventores; e espavorindo os faiscadores pobres, inquirindo, indagando, prendendo, intimando e, quase sempre, matando...

Sobre tudo isto dois tremendos fiscais que a Corte longínqua despachara apercebidos de faculdades discricionárias: o ouvidor da comarca e o intendente dos diamantes.

Tinham a tarefa fácil de uma justiça que por seu turno se exercitava entre extremos, monstruosa e simples, mal variando nos "termos de prisão, hábito e tonsura", oscilando em mesmices torturantes, da devassa ao pelourinho, do confisco à morte, dos troncos das cadeias aos dez anos de degredo em Angola.

É que a terra farta, desentranhando-se nos minérios anelados, não era um lar, senão um campo de exploração predestinado a próximo abandono quando as grupiaras ricas se transmudassem nas restingas sáfaras, e fossem avultando, maiores, mais solenes e impressionadoras, sobre a pequenez dos povoados decaídos, as catas silenciosas e grandes —montões de argila revolvidos e tumultuando nos ermos à maneira de ruínas babilônicas...

***

Mas fora da mineração legal adscrita na impertinência bárbara dos alvarás e cartas régias; trabalhada de fintas, alternativamente agravada pelo quinto e pela capitação exaurida a princípio pelos contratadores e depois pela extração real, estendera-se intangível, e livre, e criminosa, irradiante pelos mil tentáculos dos ribeirões e dos rios, desdobrando-se pelos tabuleiros, ou remontando às serras a faina revolucionária e atrevida dos garimpos.

Despejados dos arraiais; esquivos pelas matas que varavam premunidos de cautelas, porque não raro no glauco das paisagens coruscavam, de golpe, os talins dourados e os terçados dos dragões girando em sobre-rondas céleres; caçados como feras — os garimpeiros, incorrigíveis devassadores das demarcações interditas, davam o único traço varonil que enobrece aquela quadra.

Vinham de um tirocínio bruto de perigos e trabalhos, nas velhas minerações; e, únicos elementos fixos numa sociedade móvel, de imigrantes, iam capitalizando as energias despendidas naqueles assaltos ferocíssimos contra a terra.

Desde as primitivas buscas pelos leitos dos córregos, dos caldeirões e das itaipavas, com o almocafre curvo ou a bateia africana, na atividade errante das faisqueiras; aos trabalhos nos tabuleiros, arcando sob os carumbés refertos, ou vibrando as cavadeiras chatas até aos lastros ásperos dos nódulos de hematita das tapanhuacangas; às catas mais sérias, às explorações intensas das grupiaras pelos recostos dos morros, que, broqueados de cavas circulares e sarjados pelas linhas retilíneas e paralelas das levadas, desmantelados e desnudos, tornavam maiores as tristezas do ermo; e, por fim, à abertura das primeiras galerias acompanhando os veios quartzosos, mas sem os resguardos atuais, tendo sobre as cabeças o peso ameaçador de toda a massa das montanhas — eles percorreram todas as escalas da escola formidável da força e da coragem.

Vibraram contra a natureza recursos estupendos.

Abriam canais de léguas ajustados às linhas das cumeadas altas; e adunando a centenas de metros de altura, em vastos reservatórios, as águas captadas, rompiam-nos.

Ouviam-se os sons das trompas e buzinas prevenindo os eitos de escravos derramados nas encostas, para se desviarem; e logo após uma vibração de terremoto, um como desabamento da montanha, a avalanche artificial desencadeada pelos pendores, tempesteando e rolando — troncos e galhadas, fraguedos e graieiros, confundidos, embaralhados, remoendo-se, triturando-se, descendo vertiginosamente e batendo embaixo dentro dos amplos mundéus onde acachoava o fervor da vasa avermelhada lampejante das palhetas apetecidas...

Desviavam os rios; invertiam-lhes as nascentes, ou torciam-nos cercando-os; e, por vezes, alevantavam-nos, inteiros, sobre os mesmos leitos. Todo o Jequitinhonha, adrede contido e alteado por uma barragem, derivou certa vez por um bicame colossal, de grossas pranchas presas de gastalhos, deixando em seco, poucos metros abaixo, o cascalho sobre que fluía há milênios... E ali embaixo, centenares de titãs tranquilos, compassando as modinhas dolentes com o soar dos almocafres e alavancas, labutavam, cantando descuidados, tendo por cima o dilúvio canalizado...

Assim foram crescendo...

De sorte que quando a metrópole, exagerando a antiga avidez ante a fama dos novos "descobertos", se demasiou em rigores e prepotências para tornar efetivo o monopólio da extração, isolando aquela zona de todo o resto do mundo, dificultando as licenças de entrada e os passaportes, multiplicando registos e barreiras, extinguindo os correios, e tentando mesmo circunvalar as demarcações, não lhe bastando o permanente giro das esquadras de pedestres, baldaram-se-lhe em parte os esforços ante os rudes caçadores furtivos da fortuna, inatingíveis às fintas, às multas, às tomadias, aos confiscos, às denúncias, às derramas; e que aliados aos pechilingueiros vivos, aos tropeiros ardilosos passando entre as patrulhas com o contrabando precioso metido entre os forros das cangalhas, aos comboieiros que enchiam os cabos ocos das facas com as pedras inconcessas, ou aos mascates aventureiros intercalando-as nos remontes dos coturnos grosseiros — estendiam por toda a banda, até ao litoral, a agitação clandestina, heroica e formidável.

"Desaforados escaladores da terra!..." invectivavam as ríspidas cartas régias, delatando o desapontamento da Corte remota ao pressentir escoarem-se-lhe as riquezas pelos infinitos golpes que lhe davam nos regimentos aqueles adversários.

E armou contra eles exércitos.

Bateram longamente os caminhos as patas entaloadas dos corpos de dragões.

Adensaram-se em batalhões as patrulhas errantes e dispersas dos pedestres; e avançaram ao acaso pelas matas em busca dos adversários invisíveis.

Os garimpeiros remontavam às serras; espalhavam-se em atalaias; grupavam-se em guerrilhas diminutas; e por vezes os graves intendentes confessavam aos conselhos de ultramar a "vitória de uma emboscada de salteadores".

Finalmente se planearam batalhas.

Rijos capitães-generais, endurados nas refregas da Índia, largaram dos povoados ao ressoar das preces propiciatórias e sermões, chefiando os terços aguerridos, e arrastando penosamente pelos desfrequentados desvios as colubrinas longas e os pedreiros brutos.

Mas roncearam, inutilmente, pelos ermos.

Enquanto à roda, desafiando-os, alcandorados nos itambés a prumo; relampeando no súbito fulgir das descargas, das tocaias; derivando em escaramuças pelos talhados dos montes; arrebentando à boca das velhas minas em abandono, de repente escancaradas numa explosão de tiros — os "desaforados escaladores da terra", os anônimos conquistadores de uma pátria, zombavam triunfalmente daqueles aparatos guerreiros, espetaculosos e inofensivos.

Uma comédia histórica

Na Europa diplomática do século XVIII o Portugal de D. João V era urna exceção desanimadora. Despeara-se no progresso geral e ia atingir a quadra revolucionária, mal disfarçando, com a exterioridade deslumbrante das minas do Brasil, os máximos desfalecimentos da originalidade e da vida.

Há um atestado expressivo deste fato: a feição literária do tempo, incolor e exótica, laivada de perífrases e trocadilhos, ou sulcada de metáforas extravagantes, reveladoras dos ressaibos corruptores das canzoni alambicadas de Mazzini ou das agudezas e hipérboles assombrosas de Gôngora.

Era um recuo deplorável. O italianismo e o espanholismo, que haviam sido um característico geral da literatura européia, em passado recente, desapareciam em toda a banda. Na Inglaterra, o excêntrico eufuísmo, que lembra um assalto de cansaço depois da formidável elaboração shakespeariana, alastrando-se da fantasia maravilhosa de Milton, às rimas infamíssimas de Wicherley — desaparecia ante a frase lapidária de Burton; na

França, o preciosismo acabava pelo próprio exagero, embora se abrisse no salão de Luís XIV o grande molde dourado do classicismo, com o recato do pensar e o requintado polido das maneiras e do dizer; e na mesma Itália, de onde surgira o primado efêmero dos pensieri, o lirismo vigoroso de Metastasio iniciava triunfalmente uma era nova. É que nestes países se formava a energia de uma renovação científica e filosófica, que, com F. Bacon, Descartes e Galileu, alevantara sobre a ruinaria da escolástica os elementos do espírito moderno. Em todos a arte de escrever era apenas um aspecto, o mais sedutor talvez, e nada mais, das inteligências, que, em breve, encontrariam no maior operário da enciclopédia — a um tempo romancista, dramaturgo, crítico, cientista e filósofo — em Diderot, o exemplo vivo do quanto importam ao mais ousado idealizar estético os mais aparentemente, frios recursos positivos.

Em Portugal, não. A língua forte dos quinhentistas gaguejava nas silvas e acrósticos alambicados, nas maravilhas do falar e no requinte estéril de um culteranismo, onde a fragilidade das ideias facultava aos períodos vazios o caprichoso das formas mais bizarras.

A terra de Vieira dava quase o espetáculo da desordem da palavra numa espécie de afasia literária.

Contrastes e confrontos

O século XVIII teve o seu aspecto filosófico e o seu aspecto mundano. Teve Voltaire e teve Crebillon. Portugal copiava o último, ao mesmo tempo que D. João V imitava a frivolidade resplandecente do rei Sol, dos minuetos e das etiquetas, olvidando o Luís XIV dos tratados. Daí o burlesco daquela tentativa de transferir para Lisboa um lampejo de Versalhes, numa grandeza achamboada e informe que era, como todas as paródias, um contraste. É o contraposto entre o medido das frases e das ideias, que na Corte parisiense transmudavam o classicismo numa sistematização da vulgaridade, e o retumbante e amaneirado das glosas e madrigais dos versejadores portugueses. Comparem-se o Camões do Rocio e Boileau; ou então a pragmática dos saraus de Rambouillet aos festejos ruidosos de Lisboa onde se viam, sem escândalo à fradaria inumerável, rompentes nas procissões ou saracoteando nos salões, ao toar dos alaúdes e guitarras, a poesia, a gramática (a gramática!) e a retórica com a sua ninhada de tropos espalhafatosos, de metáforas nervosas, de gerúndios rotundos e de supinos desfibrados, materializados todos num grande excesso de objetivismo.

Esta literatura refletia uma época.

A terra forte que se sacrificara ao progresso geral, repontando à tona da renascença para mergulhar numa outra Idade Média e reconstituir no Novo Mundo o mundo antigo que acabava — chegava, surpreendida e deslumbrada, à quadra maravilhosa. Quis encalçá-la e só lhe absorveu os estigmas remanescentes.

A própria galanteria, que encontrara no abade Prevost — e na maioria dos padres voltairianos, que embarcavam galantemente para Cítera — intérpretes inimitáveis, ali se derrancara nas requestas perigosas. O amor era brutal, liricamente brutal se o quiserem, armado de capa e espada, de botas e esporas, marchando para as entrevistas como para os fossados arriscados. Ao cair da noite, espessa e impenetrável, sem a fresta única de um lampião mortiço, as ruas de Lisboa tinham os pavores das azinhagas solitárias.

Eram o paraíso tenebroso dos chichisbéus errantes, e mascarados num requinte de resguardos, porque as formas se lhes diluíam no escuro, apagadas e imperceptíveis, num deslizamento silencioso de lêmures cautelosos. E o estrangeiro curioso que os acompanhasse, ou que os apartasse nos duelos subitamente travados ao acaso, no volver das esquinas, podia encontrar o faquista desclassificado, o pródigo doidivanas, o frade corrompido, o fidalgo marialva, ou o rei...

A aventura noturna de D. João IV e D. Francisco Manoel não fora deslembrada. E embora D. João V, mais precavido e prático, preferisse, ao arriscado destes recontros, os recatados cômodos do harém seráfico de Mafra, tinha no irmão, o infante D. Francisco, e no duque de Cadaval, seus dignos continuadores das mesmas tropelias romanescas.

Felizmente entre estes nobres gandaieiros, um espadachim atrevido, um mestiço à volta dos vinte anos, um tal Sebastião José de Carvalho, apare-

Euclides da Cunha

cia, às vezes, compartindo as desordens que ele mais tarde extinguiria, porque lhes aquilatara, experimentalmente, os inconvenientes e as torpezas.

***

Mas havia também um homem, o mesmo homem que Oliveira Lima, no Secretário d'El-Rei nos apresenta sob uma de suas mais interessantes modalidades — Alexandre de Gusmão.

Era brasileiro; mas nesta circunstância fortuita não está o interesse que ele nos desperta. O que dele nos impressiona é o contraste de uma individualidade original e forte e a decrepitude do meio em que ela agiu. Aquele escrivão da puridade preso pelo contato diário à Corte e pelo cargo obrigado a submeter-se a todas as exigências da época e a tacanhear o talento nos escaninhos e nas estreitezas dos relatórios enfadonhos — repontanos nas suas admiráveis cartas a D. Luís da Cunha, com a atitude inesperada de um fiscal incorruptível, irônico e formidável. Nele, sim, enfeixavam-se todos os estímulos céticos, agressivos e assombrosamente demolidores que se esboçavam na França.

A sociedade pecaminosa de D. João V, onde o monstruoso substituía a grandeza, com as suas antíteses clamorosas, com os seus lausperenes e as suas devassidões, com o trágico da inquisição e a glorificação de todos os ridículos, com o idiota cardeal Mota que acabou com as trovoadas riscando-as da folhinha do ano, com o seu místico tenente Santo Antônio, jogralescamente promovido por atos de bravura, e com o cínico Encerrabodes tolerado em todas as salas — o Portugal paraguaio dos esuítas com as suas monjas, os seus padres, os seus rufiões, a sua patriarcal, a sua escolástica garbosamente fútil e a sua literatura desfalecida, teve no seu primeiro ministro o seu mais implacável juiz.

Sob este aspecto, a figura ainda não bem estudada de Alexandre de Gusmão é impressionadora.

Foi um voltairiano antes de Voltaire: a mesma espiritualidade expansiva, em que pese a uma cultura menor, a mesma mobilidade, os mesmos arrebatamentos, o mesmo sarcasmo diabólico e a mesma emancipação intelectual, revolucionária e brilhante.

Não o considerou sob esta feição complexa Oliveira Lima, que dificílimo fora constrangi-lo nos três atos de uma comédia.

Fixou-o, porém, por uma de suas faces encantadoras: a adorável complacência de uma alma sobranceira às ruínas de um amor não correspondido e verdadeiramente heróica no amparar o rival feliz que o compartia.

O assunto, como se vê, é profundamente dramático. A índole do protagonista, entretanto, transmudou-o numa comédia.

O grande homem pareceu-nos talvez apequenado no tortuoso de uma intriga vulgar, mas traça, cortando uma situação trivialíssima, a linha impressionadora de uma individualidade nova no meio de uma sociedade

Contrastes e confrontos

envelhecida. Realmente, o que hoje para nós é uma vulgaridade — este triste humorismo com que na pressão atual da vida moderna disfarçamos cautelosamente as maiores desventuras e este "levar as coisas a rir mesmo quando elas são de fazer-nos chorar" — eram uma novidade na época brutal em que a fraqueza irritável das gentes supersticiosas e incultas predispunha ao impulsivo e ao desafogo máximo das paixões.

Assim considerado, o Secretário d'El-Rei é um livro belíssimo.

Que outros, mais vezados à técnica teatral, lhe apontem todos os defeitos. Nós, não.

Satisfez-nos o aprumo impecável, a fidalguia espirituosa com que Alexandre de Gusmão, sem destoar da nota superior do seu caráter, destramou o intrincado de um incidente passional que o colhera de improviso no meio dos seus relatórios e dos livros — sem criar uma situação de fraqueza às suas magníficas rebeldias do pensar e do sentir.

Plano de uma cruzada

I

As secas do extremo norte delatam, impressionadoramente, a nossa imprevidência, embora sejam o único fato de toda a nossa vida nacional ao qual se possa aplicar o princípio da previsão. Habituamo-nos àquelas catástrofes periódicas. Desde a lancinante odisséia de Pero Coelho, no alvorar do século XVII, até ao presente, elas vêm formando, à margem da nossa história, um tristíssimo apêndice de indescritíveis desastres. A princípio, mercê do próprio despovoamento do território, ninguém as percebeu. Notou-as, apreensivo, o primeiro sertanista que se afoitou, naquelas bandas, com o desconhecido; os flagelos revelados mal rebrilham e repontam, fugacíssimos, rompentes da linguagem perra e nebulosa dos roteiros. Depois, à medida que se povoava a terra, cresceu-lhes a influência, e desvendaram-se-lhes os aspectos, deploráveis todos.

Em 1692, em 1793 e em 1903 — para apontarmos apenas as datas seculares entre as quais se inserem, inflexivelmente, como termos de uma série, outras, sucedendo-se, numa razão quase invariável — o seu limbo de fogo abrangendo toda a expansão peninsular que o cabo de São Roque extrema, abriu, intermitentemente, largos hiatos nas atividades. Outrora, completavam-lhe os efeitos as depredações do tapuia — tribos errantes precipitando-se, estonteadas, para o litoral e para o Sul, refluídas pelos sóis bravios; hoje, as incursões dos jagunços destemerosos — almas varonis, que a desventura maligna, derrancando-as nas aventuras brutais dos quadrilheiros; e sobre umas e outras, em todas as quadras, o epílogo forçado das epidemias devastadoras rematando as espantosas tragédias que mal se denunciam no apagado de imperfeitas notícias ou inexpressivas memórias.

Há uma estética para as grandes desgraças coletivas. A peste negra na Europa aviventou um renascimento artístico que veio do verso triunfal de Petrarca à fantasia tenebrosa de Albrecht Durer e ao pincel funéreo de Rembrandt. A dança-de-são-guido, que sacudiu convulsivamente as populações ribeirinhas do Reno, criou a idealização maravilhosa da dança macabra. A morte imortalizou os artistas definidos pelo gênio misterioso de Holbein, e perdida a aparência lutuosa, o seu espectro hilariante, arrebatado na tarântula infernal, percorreu entre os aplausos de um triunfo

Contrastes e confrontos

doloroso todos os domínios da arte, das páginas de Manzoni às rosáceas rendilhadas das catedrais, às iluminuras dos Livros de horas dos crentes e ao caprichoso cinzelado dos copos das espadas gloriosas...

Mas entre nós estes transes tão profundamente dramáticos não deixam traços duradouros. Aparecem, devastam e torturam; extinguem-se e ficam deslembrados.

Entretanto, senão pelos seus efeitos desastrosos, pela sua insistência, pela impertinência insanável com que se ajustam aos nossos destinos, eles são o mais imperioso desafio às forças do nosso espírito e do nosso sentimento.

Mas criaram sob o ponto de vista artístico raras páginas incolores de um ou outro livro, e alguns alexandrinos resplandecentes de Junqueiro; na ordem administrativa, medidas que apenas paliam os estragos; e no campo das investigações científicas o conflito estéril de algumas teorias desfalecidas.

É que o fenômeno climático, tão prejudicial a um quinto do Brasil, só nos impressiona quando aparece; é uma eterna e monótona novidade; estudamo-lo sempre nas aperturas e nos sobressaltos dos períodos certos em que ele se desencadeia.

Então a alma nacional, de chofre comovida, ostenta o seu velho sentimentalismo incorrigível desentranhando-se em subscrições e em sonetos, em manifestos liricamente gongóricos e em telegramas alarmantes; os poderes públicos compram sacos de farinha e organizam comissões, e os cientistas apressados — os nossos adoráveis sábios à la minute — ansiando por salvarem também um pouco a pobre terra, imaginam hipóteses.

Ora, a feição proteiforme destas últimas é expressiva. Dos fatos geométricos mais simples (a forma especial do continente norte-oriental), às circunstâncias orográficas da orientação das serras, à fatalidade astronômica da rotação das manchas solares, às considerações mais sérias relativas à constituição litológica dos terrenos — em todos estes pontos, que formam, afinal, toda a fisiografia do extremo norte, têm doidejado as indagações com o efeito único de revelarem o traço característico do nosso espírito afeiçoado a um generalizar espetaculoso com o sacrifício da especialização tenaz, mais modesta, mais obscura e mais útil.

Diante da enorme fatalidade cosmológica, temos uma atitude de amadores; e fazemos física para moças. Daí a instabilidade e o baralhamento dos juízos.

Acompanhamos o fenômeno escravizados à sua cadência rítmica; não lhe antepomos à intermitência a continuidade dos esforços. Entretanto, o próprio variar das causas precipitadas nos revela. a sua feição complexa, exigindo longos e pacientes estudos. É evidente que estes serão sempre estéreis, adstritos aos paroxismos estivais, desdobrando-se na plenitude das catástrofes desencadeadas com o objetivo ilusório de as debelar, quando uma intervenção realmente eficaz só pode consistir no prevenir as secas, inevitáveis, do futuro.

Estabelecido de modo iniludível o fatalismo das leis físicas, que estão firmando o regime desértico em mais de um milhão de quilômetros quadrados do território e torturando cerca de três milhões de povoadores, impõe-se-nos a resistência permanente, constante, inabalável e tenaz — uma espécie de "Guerra dos Cem Anos" contra o clima — sem mesmo a trégua dos largos períodos benignos, porque será exatamente durante eles que nos aperceberemos de elementos mais positivos para a reação.

As secas do Norte interessam a dez Estados. Irradiantes do Ceará, vão, pelo levante, ao centro do Piauí, buscando as extremas meridionais do Maranhão, de onde alcançam as do norte de Goiás; alongam-se para o ocidente abarcando com o limbo fulgurante o Rio Grande do Norte, a Paraíba, Pernambuco e Alagoas, lançando as últimas centelhas pelo mar em fora até Fernando de Noronha; e alastram-se pela Bahia e Sergipe, para o Sul, até às raias setentrionais de Minas.

Sendo assim, qualquer que seja o desfalecimento econômico do país, justifica-se a formação de comissões permanentes, de profissionais — modestas embora, mas de uma estrutura inteiriça — que, demoradamente, desvendando com firmeza as leis reais dos fatos inorgânicos observados, possam esclarecer a ação ulterior e decisiva do governo.

Não há mais elevada missão à nossa engenharia. Somente ela, ao cabo de uma longa tarefa (que irá das cartas topográficas, e hipsométricas, aos dados sobre a natureza do solo, às observações meteorológicas sistemáticas e aos conhecimentos relativos à resistência e desenvolvimento da flora), poderá delinear o plano estratégico desta campanha formidável contra o deserto.

Então, poderão concorrer, recíprocos nas suas influências variáveis, os vários recursos que em geral se sugerem isolados: a açudada largamente disseminada, já pelo abarreirar dos vales apropriados, já pela reconstrução dos lanços de montanhas que a erosão secular das torrentes escancelou em boqueirões, o que vale por uma restauração parcial da terra; a arborização em vasta escala com os tipos vegetais que, a exemplo do juazeiro, mais se afeiçoem à rudeza climática das paragens; as estradas de ferro de traçados adrede dispostos ao deslocamento rápido das gentes flageladas; os poços artesianos, nos pontos em que a estrutura granítica do solo não apresentar dificuldades insuperáveis; e até mesmo uma provável derivação das águas do São Francisco, para os tributários superiores do Jaguaribe e do Piauí, levando perpetuamente à natureza torturada do Norte os alentos e a vida da natureza maravilhosa do Sul...

É, por certo, um programa estonteador; mas único, improrrogável, urgente.

Há bem pouco tempo, num artigo notável, Barbosa Rodrigues demonstrou o empobrecimento contínuo das nossas fontes, dos nossos rios e até mesmo das poderosas artérias fluviais da Amazônia.

A palavra austera do naturalista não logrou vingar o reduzido círculo de alguns estudiosos. Vibrou, inutilmente, como o grito de alarma de uma atalaia longínqua, avantajada demais. Entretanto, dela se conclui que, dada a generalidade daquele fato e o seu crescendo desconsolativo, deve engravescê-

Contrastes e confrontos

-lo numa escala maior o regime excessivo dos sertões do Norte. O deserto invoca o deserto. Cada aparecimento de uma seca parece atrair outra, maior e menos remorada, dando à terra crescente receptividade para o flagelo.

Os intervalos que as separam estreitam-se, acelerando-lhe o ritmo, agravando-lhe o grau termométrico das canículas que são a febre alta daquela sezão monstruosa da terra. O interessante paralelismo de datas, que lhes dava um movimento uniforme nos séculos anteriores, parece destruir-se a pouco e pouco; e os seus ciclos, outrora amplíssimos, reproduzem-se, cada vez mais céleres e constritos, como arrastados nos giros cada vez menores de uma espiral invertida.

Deste modo não há vacilar numa ação decisiva e, sobretudo, permanente.

Os holandeses não se limitaram a construir grande parte da Holanda: ainda hoje, quando tufam as marés e a onda ensofregada acachoa ruidosa, chofrando a antemural dos diques, escuta-a da outra banda uma legião tranquila e vigilante de engenheiros hidráulicos, os primeiros do mundo.

A França no arrancar, transfigurada, a Tunísia do Saara, reata a empresa muitas vezes secular dos romanos.

Porque para esses desastrosos desvios da natureza só vale a resistência organizada, permanente e contínua.

Além disto, para o nosso caso, trata-se de uma velha dívida a saldar.

De feito, por um contraste impressionador, as soalheiras, que requeimam o Norte, são elementos benfazejos ao resto do Brasil. Por um lado os alísios, refertos da umidade captada na travessia do Atlântico, ao tocarem a superfície calcinada dos sertões, superaquecem-se, conservando, no altear o ponto de saturação, as chuvas que conduzem; e repelidos pelas colunas ascensionais dos ares em fogo, que se alevantam das chapadas desnudas, refluem às alturas e vão rolando para o sudoeste, indo condensar, nas vertentes dos rios que derivam para o Amazonas e para o Prata, as águas que originam os seus cursos perenes e a fecundidade das terras.

Por outro lado, aqueles titânicos caboclos, que a desventura expulsa dos lares modestíssimos, têm levado a todos os recantos desta terra o heroísmo de uma atividade incomparável: povoaram a Amazônia; e do Paraguai ao Acre estadearam triunfalmente a sua robustez e a sua esplêndida coragem de rija sub-raça já constituída.

Assim, sob um duplo aspecto nós devemos, em parte, à sua miséria um pouco da nossa opulência relativa, e às suas desgraças a melhor parte da nossa glória. E esta dívida tem mais de quatrocentos anos...

II

Delineando no artigo anterior um fugitivo esboço da reação contra o clima singular que vitima todo o Norte do Brasil, vimos de relance os vários recursos que, simultaneamente aplicados, poderiam melhorá-lo; mas do mesmo passo verificamos que a ação governamental seria ilusória, se não a esclarecessem os elementos e dados positivos adquiridos em um aturado estudo daquelas paragens, sistematicamente executadas por um grupo permanente de profissionais que, mercê de uma longa estada sobre o território, estabelecessem com a sua natureza, ainda em grande parte desconhecida, uma estreita intimidade, facultando-lhes o conhecimento de seus variadíssimos aspectos, e, ao cabo, a revelação completa dos agentes nefastos que a malignam e devastam.

Não vai nisto a teimosia impertinente de um teórico incorrigível. Esta exploração científica da terra — coisa vulgaríssima hoje em todos os países — é uma preliminar obrigatória do nosso progresso, da qual nos temos esquecido indesculpavelmente, porque neste ponto rompemos com algumas das mais belas tradições do nosso passado. Realmente, a simples contemplação dos últimos dias do regime colonial, nas vésperas da Independência, revela-nos as figuras esculturais de alguns homens que hoje mal avaliamos, tão apequenadas andam as nossas energias, e tão grandes o descaso e o desamor com que nos voltamos para os interesses reais deste país. Ricardo Franco de Almeida Serra, Silva Pontes e Lacerda e Almeida são hoje uns quase anônimos.

Entretanto, os estóicos astrônomos, que os grosseiros agulhões mal norteavam nas espessuras nunca percorridas, sem o arsenal suntuoso dos atuais aparelhos, determinaram as coordenadas dos mais remotos pontos e desvendaram muitos traços proeminentes da nossa natureza. Ao último não lhe bastou o perlustrar o Brasil de extremo a extremo. Transpôs o mar, e foi atravessar a África . . .

Não se podiam encontrar melhores mestres, nem mais empolgantes exemplos. Mas, precisamente ao adquirirmos a autonomia política — talvez porque com ela ilogicamente se deslocasse toda a vida nacional para os litorais agitados — olvidamos a terra; e os esplendores do céu, e os encantos das paisagens, e os deslumbramentos recônditos das minas, e as energias virtuais do solo, e as transfigurações fantásticas da flora, entregamo-los numa inconsciência de pródigos sem tutela, à contemplação, ao estudo, ao entusiasmo, e à glória imperecível de alguns homens de outros climas. Ao nosso nativismo nascente — e já ouriçado com os

Contrastes e confrontos

estilhaços dilaceradores da Noite das Garrafadas, não escandalizaram os ww ensarilhados, os yy sibilantes, e o estalar dos kk, e o ranger emperrado dos rr de alguns nomes arrevesados e estranhos. Koster, John Mawe, Wied-Newied, Langsdorf, Aug. Saint-Hilaire... primeiros termos de uma série, onde aparecem, num constrangimento de intrusos, raros nomes brasileiros — e que veio quase ininterrupta até Frederico Hartt, e que aí está contínua, imperecível e fecunda com Eugen Hussack, Orville Derby e Emilio Goeldi. Ora, quaisquer que sejam os inestimáveis serviços deste grupo imortal de abnegados, são desanimadores.

Não lhes admiremos o brilho até à cegueira. Porque afinal é lastimável que ainda hoje procuremos nas velhas páginas de Saint-Hilaire... notícias do Brasil. Alheamo-nos desta terra. Criamos a extravagância de um exílio subjetivo, que dela nos afasta, enquanto vagueamos como sonâmbulos pelo seu seio desconhecido.

Daí, em grande parte, os desfalecimentos da nossa atividade e do nosso espírito. O verdadeiro Brasil nos aterra; trocamo-lo de bom grado pela civilização mirrada que nos acotovela na rua do Ouvidor; sabemos dos sertões pouco mais além da sua etimologia rebarbativa, desertus; e, a exemplo dos cartógrafos medievos, ao idealizarem a África portentosa, podíamos escrever em alguns trechos dos nossos mapas a nossa ignorância e o nosso espanto: hic habent leones...

Não admiram o incolor, o inexpressivo, o incaracterístico, o tolhiço e o inviável da nossa arte e das nossas iniciativas: falta-lhes a seiva materna. As nossas mesmas descrições naturais recordam artísticos decalques, em que o alpestre da Suíça se mistura, baralhado, ao distendido das landes: nada do arremessado impressionador dos itambés a prumo, do áspero rebrilhante dos cerros de quartzito, do desordenado estonteador das matas, do dilúvio tranquilo e largamente esparso dos enormes rios, ou do misterioso quase bíblico das chapadas amplas... É que a nossa história natural ainda balbucia em seis ou sete línguas estrangeiras, e a nossa geografia física é um livro inédito.

***

Aí está para o demonstrar esta questão gravíssima das secas. Nenhuma outra reclama mais imperativamente conhecimentos positivos acerca da estrutura dos terrenos.

Entre os recursos sugeridos, que se não excluem e cuja simultaneidade é indispensável a uma solução definitiva, aponta-se, preeminente, a açudada em vasta escala.

As mais ligeiras noções climatológicas denotam-lhe o valor: os numerosos e minúsculos lagos largamente espalhados na região terão o efeito moderador de um mediterrâneo subdividido; desaparecerão as colunas ascensionais dos ares adustos, que por ali repulsam vivamente os alísios, e com eles a umidade recolhida nos mares; as irrigações fecundarão a terra, e, a breve trecho, despertas as suas energias adormecidas, a renascença da flora ultimará a intervenção humana. Mas este meio, tão decisivo pelos efeitos prefigurados, será ilusório sem a preliminar de investigações complexas, desdobrando-se dos simples trabalhos de nivelamento, aos exames relativos à permeabilidade ou inclinação dos estratos, até aos estudos mais sérios e delicados da fisiologia vegetal. Porque mesmo na passividade inorgânica os fatos naturais se entrelaçam solidários. Vai para meio século que Elie de Beaumont o demonstrou, num dos lances da sua intuição genial. É uma aliança indestrutível em que os incidentes mais díspares se acolchetam, e os vários aspectos naturais se desenrolam numa sequência impecável, lembrando um enredo firme de onde ressaltam as grandes vicissitudes, e, diríamos melhor, o drama comovedor da existência indefinida da terra. Jamais o apreenderemos no afogadilho das empreitadas científicas, de todo inaptas a nos facilitarem, numa síntese final, a imagem aproximada desses misteriosos passados geológicos, que tanto esclarecem, às vezes, a nossa situação presente.

Ainda hoje quem contempla, na plenitude do estio, a natureza estranha do Norte, sobretudo nos trechos em que se desatam as chapadas intermitentemente cindidas de serros aspérrimos e abruptos — não sabe bem se está sobre o chão recém-emergido de algum mar terciário, ou se pisa um velhíssimo afloramento do globo, brutalmente trabalhado pelos elementos; se tudo aquilo é a desordem de um cenário em preparativos para novas maravilhas da criação, ou um país que está morrendo; uma construção prodigiosa, em começo, ou o desabar de uma ruinaria imensa...

A drenagem de águas selvagens, que por ali se exercita nas quadras tempestuosas, os seus rios que quando transitoriamente cheios volvem as águas num ímpeto de torrentes colossais, tão céleres que mesmo quando eles cansam, no falar dos matutos, prestes a secarem, não dão vau; e o desmantelo das encostas e os pendores arruinados; e aqueles singulares boqueirões, tão lucidamente vistos por I. Joffili, que as águas rasgaram nas montanhas — tudo isto denuncia a segunda hipótese. E para logo nos empolga a imagem retrospectiva de uma terra admirável e farta e feracíssima — um vastíssimo jardim à margem dos grandes lagos — nos velhíssimos tempos fora da órbita da nossa história, antes que estourassem os seus diques de montanhas e a natureza viesse lentamente definhando — roída pelas torrentes e calcinada pelos sóis, até ao melancólico aspecto que hoje patenteia...

Ora, se uma série suficiente de realidades observadas desse algum valor a esta demasiado imaginosa conjectura e pudéssemos reconstruir este episódio assombrosamente dramático dos nossos fastos geológicos, bastaria, certo, à nossa intervenção o acompanhar, numa marcha invertida, os rastos indeléveis dos estragos. Encadeadas as torrentes e os rios, e restauradas as velhas represas naturais, ligando-se, mesmo sem a primitiva imponência, os muramentos arruinados das serras — todo aquele território volveria à

Contrastes e confrontos

fisionomia antiga, pelo simples jogo equilibrado dos mesmos agentes físicos que hoje tumultuariamente o devastam.

Mas para que isto suceda, para que nos aparelhemos de uma série completa de elementos garantidores de uma ação decisiva, faz-se mister que este problema urgentíssimo das secas seja um motivo para que demos maior impulso a uma tarefa, que é o mais belo ideal da nossa engenharia neste século: a definição exata e o domínio franco da grande base física da nossa nacionalidade. Aí está a nossa verdadeira missão.

A outros destinos talvez mais altos: a organização das atividades e do regime geral da riqueza, o doutrinamento filosófico e a direção política, a remoção das dificuldades presentes e o alevantamento das tradições históricas; mas todos esses grandes atos exigem antes de tudo um cenário amplíssimo que os abranja e não se reduza como até hoje às bordas alteadas dos planaltos e à estreita faixa de uma costa desmedida. Tudo quanto fizermos fora deste traçado será vão ou efêmero. Será o eterno tatear entre as miragens de um progresso falaz e duvidoso, até agora medido pelos estoques das sacas de café, pelas levas de imigrantes e por umas combinações políticas que ninguém entende.

III

A expansão imperialista das grandes potências é um fato de crescimento, o transbordar naturalíssimo de um excesso de vidas e de uma sobra de riquezas em que a conquista dos povos se torna simples variante da conquista de mercados. As lutas armadas que daí resultam, perdido o encanto antigo, transformam-se, paradoxalmente, na feição ruidosa e acidental da energia pacífica e formidável das indústrias. Nada dos velhos atributos românticos do passado ou da preocupação retrógrada do heroísmo. As próprias vitórias perderam o significado antigo. São até dispensáveis. A Inglaterra suplantou o Transval ao cabo de sucessivas derrotas, e amanhã a Rússia, constantemente batida, talvez esmague o Japão. Estão fora dos lances de gênio dos generais felizes e do fortuito dos combates. Vagas humanas desencadeadas pelas forças acumuladas de longas culturas e do próprio gênio da raça, podem golpeá-las à vontade os adversários que as combatem e batem debatendo-se, e que se afogam. Não param. Não podem parar. Impele-as o fatalismo da própria força. Diante da fragilidade dos países fracos, ou das raças incompetentes, elas recordam, na história, aquele horror ao vácuo, com que os velhos naturalistas explicavam os movimentos irresistíveis da matéria.

Revelam quase um fenômeno físico.

Por isso mesmo nesta expansão irreprimível, não é do Direito, nem da Moral com o mais imponentes maiúsculos, nem de alguma das maravilhas metafísicas de outrora que lhes despontam obstáculos.

É da própria ordem física.

Realmente, à parte a Rússia, seguindo para o levante entre os mesmos paralelos, a Europa e os Estados Unidos abandonam as latitudes onde se formaram; e, como qualquer que seja a flexibilidade do homem para o clima, os limites históricos dos povos se traçam pelas zonas terrestres onde surgiram, o problema capital do imperialismo está menos no adquirir um pedaço de território que na adaptação do território adquirido. Trata-se de inquirir se a raça branca afeiçoada às zonas temperadas, que são as das civilizações duradouras, poderá viver e crescer fora do seu deslumbrante habitat.

Porque as disposições geográficas imutáveis lhe oferecem os maiores cenários precisamente na África adusta, na Ásia meridional ardentíssima ou na Austrália desértica, deixando-lhe como únicas paragens, próprias a uma aclimação rápida, um trecho do Brasil do Sul, a Argentina, o Chile, uma faixa do Canadá, a ponta da África e algumas ilhas do Pacífico.

Daí, seguindo de par com a marcha expansionista, industrial e guerreira, das potências, um movimento científico adrede disposto a facilitar estas mudanças de povos.

Desbravados os caminhos pelos exércitos, estabelecidas as primeiras levas de colonos e delineados os primeiros entrepostos — os governos entregam aos cientistas de todos os matizes a campanha maior e mais longa contra o clima, e toda a responsabilidade deste transplante das civilizações sem prejuízo do organismo das raças que as representam. Felizmente a empresa coincide com a época em que, dominando a máxima especialidade de ofícios, se entrelaçam em generalizações admiráveis todos os resultados das ciências.

Profissões, ontem distintas, fundem-se, vinculadas. À engenharia não lhe bastam os recursos que vão da matemática à química; as próprias exigências da tecnologia sanitária dilatam-na à biologia e às mais altas indagações sobre a vida, enquanto a medicina, deparando na radiologia nascente inesperados elementos, se alonga pela física, ou vai, pela bacteriologia, para a amplitude das ciências naturais.

Médicos ou geômetras, ou geógrafos, todos por igual naturalistas, confundem-se, indistintos, numa tarefa inteiramente nova, a do saneamento da terra. Passam, sem um desvio na profissão complexa, da geologia maciça à física quase espiritualizada, do rádio, ou às indagações biológicas; e, inscrita de todo no quadro dos agentes exteriores, a existência humana vai aparecendo-lhes feita um índice abreviado de toda a vida universal.

Pelo menos hoje a amparam leis naturais tão rigorosas, que já se não considera vã a tentativa de bater-se vantajosamente a fatalidade cosmológica dos climas.

Contrastes e confrontos

Esta empresa belíssima, porém, realiza-se obscuramente. As linhas telegráficas não a espalham, são poucas a irradiarem as notícias e os mínimos pormenores das batalhas. Mal se adivinham no rastro dos exércitos os agrupamentos pacíficos, armados de inofensivos aparelhos, dos que observam, e experimentam, e comparam, e induzem; profissionais e operários, estudando as modalidades climáticas ou corrigindo-as, lucidamente teóricos ou maciçamente práticos, passando da análise dos estratos do solo à dinâmica das correntes atmosféricas; aqui, redimindo pelas drenagens uma superfície condenada, mais longe fazendo ressurgir, transfigurado pela irrigação, um trato morto, de deserto — e por toda a parte polindo ou afeiçoando o chão daninho, ou os ares perniciosos, às novas vidas que os procuram.

Obedecem a um programa prescrito e inviolável. Na França e na Inglaterra as escolas de "Medicina Colonial", onde se matriculam engenheiros e oficiais de marinha, denunciam, pelo simples título, a carreira nova destinada a sistematizar todos os dados e a balancear todos os recursos decisivos para esta luta contra os novos meios, desdobrada dos mais simples trabalhos de campo à mais difícil profilaxia das moléstias que lhes são imanentes, de modo a auxiliar a adaptação compensadora do organismo europeu a ambientes tão díspares dos que lhe são habituais.

E assim se transfiguraram a Tunísia e o Egito à ourela dos desertos, a ilha de Cuba, recentemente; e vão-se transfigurando o Sudão, a Índia e as Filipinas...

Ora, inegavelmente, um tal objetivo basta a nobilitar as invasões modernas. Redime-lhes todas as culpas e as grandes brutalidades da força esta empresa maravilhosa, que é uma espécie de reconstrução da terra, aparecendo cada dia maior e oferecendo à história novos cenários no seio das paragens mortas que ressurgem.

***

Mas para nós, brasileiros, tudo isto é um desapontamento.

Realmente, nesta agitação utilíssima, que fazemos nós?

À parte os Estados do Sul, estamos num país que a aclimação apenas favorecida pela mestiçagem condena às formas medíocres da humanidade.

A faixa da zona tórrida que entra no litoral do Pacífico ao norte do Peru inflete para o sul, abrange Mato Grosso e vem sair perto de Santos, deixando-se interferir e cortar pela linha tropical. Deste modo o Brasil, na sua maior área, está vinculado pelas condições físicas mais evidentes à África Central, à Índia, às ilhas que se salteiam de Madagascar a Bornéu e à Nova Guiné, e ao extremo norte calcinado da Austrália — em plena regio adusta fechada à aristocracia dos povos. É um fato plenamente sabido. Ressalta ao mais breve olhar sobre um mapa. Não há fantasias patrióticas que no-lo escondam.

E quaisquer que sejam as teorias e hipóteses e imaginosas teses que desde Montesquieu se digladiam, irreconciliáveis, acerca do valor das in-

Euclides da Cunha

fluências externas — não há desconhecer-se que temos aquele perpétuo coeficiente de redução do nosso desenvolvimento, atirando-nos em plano inferior ao da Argentina e do Chile.

Entretanto, não nos impressionamos. Num tempo em que se demonstra a eficácia da ação do homem sobre o meio, capaz de deslocar os climas, quedamos numa indiferença muçulmana sob o clima que nos fulmina. Não o estudamos mesmo rudimentarmente, pela rama, e sem objetivo de o transfigurar. Não temos mesmo esparso, mesmo reduzido nos pontos principais dos Estados, um serviço meteorológico sistemático e plenamente generalizado de modo a permitir uma comparação permanente e contínua das modalidades climáticas. Da terra, sob os infinitos aspectos que vão da rocha à flor, sabemos apenas o que se colhe em vários livros estrangeiros e raras monografias nacionais; e ainda hoje, quando se nos antolha uma bacia de carvão de pedra, ou um veeiro farto de ouro, faz-se-nos mister a importação de um sábio.

Deslumbrados pelo litoral opulento e pelas miragens de uma civilização que recebemos emalada dentro dos transatlânticos, esquecemo-nos do interior amplíssimo onde se desata a base física real da nossa nacionalidade. Ali se patenteiam dois casos invariáveis: ou as populações, sobre o solo estéril, vegetam miseravelmente decaídas pelo impaludismo, tão característico das regiões incultas, e vão formando, pela hereditariedade dos estigmas, uma raça de mestiços lastimáveis, agitantes num quase deserto; ou as populações, sobre o solo exuberante, atacam-no ferozmente, a ferro e fogo, nas derrubadas e nas queimadas das largas culturas extensivas, e vão fazendo o deserto.

Este caso é notável no refletir o círculo vicioso da atividade nacional. Numa época em que dominam os milagres da engenharia e da biologia industrial — tão grandes os ianques em três anos transformaram num prado o deserto clássico de Colorado — a nossa cultura tem como efeito final o barbarizar a terra.

Malignamo-la, desnudamo-la rudemente, sem a mínima lei repressiva refreando estas brutalidades — e a pouco e pouco, nesta abertura contínua de sucessivas áreas de insolação, vamos ampliando em São Paulo, em Minas, em todos os trechos, mais apropriados à vida, a faixa tropical que nos malsina.

Não há exemplo mais típico de um progresso às recuadas. Vamos para o futuro sacrificando o futuro, como se andássemos nas vésperas do dilúvio.

Não nos contentamos em resolver a golpes de subscrições intermitentes a fatalidade das secas, que vitimam o Norte; vamos além: alargamo-las criando no Sul, sobre as vastas áreas insoladas, continuadamente crescentes, todas as mínimas barométricas que no-las atrairão mais tarde...

E tudo isto — esta indiferença ou esta intervenção, ambas prejudiciais, se observa numa época em que o único significado verdadeiramente civilizador do movimento expansionista das raças vigorosas sobre a terra está todo em afeiçoar os novos cenários naturais a uma vida maior e mais alta — compensando-se o duro esrnagamento das raças incompetentes com a redenção maravilhosa dos territórios...

A missão da Rússia

A Rússia é bárbara.

Entre a sociabilidade cortês, o sentimento da justiça e a expansiva espiritualidade latina ou saxônia, penetrou vigorosamente o impulsivo e a rude selvatiqueza do tártaro, para se criar o tipo histórico do eslavo — isto é, um intermediário, um povo de vida transbordante e forte e incoerente, refletindo aqueles dois estádios, sob todas as suas formas, da mais tangível à mais abstrata, desde uma arquitetura original, em que se passa do bizantino pesado para o gótico ligeiro e deste para a harmonia retilínea das fachadas gregas — ao temperamento emocional e franco, a um tempo infantil e robusto, paciente e ensofregado, em que se misturam uma incomparável ternura e uma assombradora crueldade.

Polida demais para o caráter asiático, inculta demais para o caráter europeu — funde-os.

Não é a Europa, e não é a Ásia: é a Eurásia desmedida, desatando-se, do Báltico ao Pacífico, sobre um terço da superfície da terra e desenrolando no complanado das estepes o maior palco da história.

A Rússia veio ocupá-lo retardatária.

Nasceu quando os demais povos renasciam. Tártara até o século XV, apareceu — engatinhando para o futuro e balbuciante na sua língua sonora e incompreendida — quando a Europa em peso, num repentino refluxo para o passado, ia transfigurar-se entre os esplendores da Renascença e iniciava os tempos modernos, deixando-a a iniciar, tateante e tarda, a sua longa Idade Média, talvez não terminada.

Mas aí está a sua força e a garantia de seus destinos. Ninguém pode prever quanto se avantajará um povo que, sem perder a energia essencial e a coragem física das raças que o constituem, aparelha a sua personalidade robusta, impetuosa e primitiva, de bárbaro, com os recursos da vida contemporânea.

E nenhum outro, certo, no atual momento histórico, talvez gravíssimo — porque devem esperar-se todas as surpresas deste renascer do Oriente, que o Japão comanda — é mais apto a garantir a marcha, o ritmo e a diretriz da própria civilização europeia.

Há quem negue isto. No último número, de junho, da North American Review, Carl Blind, nome que se ajusta bem a um deslumbrado diante do grande plágio do Japão — negando ao império moscovita o papel de campeão da raça ariana contra o perigo amarelo, esteia-se numa sabidíssima novidade: o russo é duplamente mongólico: é-o pela circunstância inicial de o constituírem as tribos cássares e turanas, e pelo fato acidental da conquista tártara, no século XIII, dos netos de Gengis khan.

Atraído pela simplicidade deste argumento, conclui que não pode ser uma barreira ao pan mongolismo um povo tão essencialmente asiático.

Mas se esquece de que o russo é, antes de tudo, o tipo de uma raça histórica. Turano pelo sangue, transmudou-se, em quinhentos anos de adaptação forçada, sob o permanente influxo do Ocidente.

A sua melhor figura representativa é a daquele original e inquieto Pedro, o Grande, perlustrando a Europa toda num perquirir incansável, que o arrebatava das escolas para os estaleiros, dos estaleiros para as oficinas, das oficinas para os salões, entre os filósofos, entre os mestres e artífices, entre os cortesãos e os reis, observando, indagando e praticando, imperador, aprendiz e discípulo, bárbaro perdidamente enamorado da civilização, propelido por uma ânsia inextinguível de saber e iniciar-se em todos os segredos da existência nova, que anelava transplantar ao seu povo ingênuo, grandioso e robusto...

Sabe-se quanto foi longa a tarefa.

Durante todo este tempo, não rebrilha o mais apagado nome eslavo. Houve as tormentas sociais do século XV com a renascença literária e a renascença religiosa; houve o deslumbramento do período clássico, e a renovação filosófica subsequente, e o cataclismo revolucionário; por fim, de par com o desafogo franco das ciências, o alvorecer encantador do romantismo.

A mesma Turquia teve no renascimento a sua idade de ouro, na Corte do magnífico Solimão, onde imperava absolutamente o místico Baki, "o sultão da poesia lírica".

A Rússia, não. Na sua iniciação demorada, impondo-lhe o abandono da originalidade de pensar e sentir pela imitação e pela cópia obrigatórias, quedou pouco além das rudes rapsódias heróicas dos calmucos.

Apareceu de golpe, já feita, e foi um espanto. Na região tranquila das ciências e das artes, parecia reproduzir-se a invasão da "Horda Dourada" dos mongóis. De um lado, Wronsky, uma espécie de Átila da matemática, convulsionando-a com a sua alucinação prodigiosa de gênio, ora transviado nos maiores absurdos, ora nivelado com Lagrange na interpretação positiva do cálculo; e de outro lado, Puchkin, prosador e poeta, imprimindo no verso e na novela o vivo sentimentalismo e a energia e as esperanças do seu país. Então, o poder assimilador do gênio eslavo ostentou-se em toda a plenitude; e, pouco depois, a nação, educada pela Europa, aparecia-lhe com uma originalidade inesperada, apresentandolhe aos olhos surpreen-

Contrastes e confrontos

didos e aos aplausos que rebentaram, espontâneos, com Turgueniev, com Dostoiévski, com Tchecov e com Tolstoói, esse naturalismo popular e profundo repassado de um forte sentimento da raça, que tanto contrasta com a organização social e política da Rússia.

Estava feita a transformação: as gentes, constituídas de fatores tão estranhos, surgiam revestidas das melhores conquistas morais do nosso tempo. Mostra-o essa mesma literatura, onde vibra uma nota tão impressionadoramente dramática e humana. Qualquer romance russo é a glorificação de um infortúnio. Quem quer que os deletreie, variando à vontade de autores e de assuntos, deparará sempre a dolorosa mesmice da desdita invariável, trocados apenas os nomes aos protagonistas: todos os humildes, todos os doentes, todos os fracos: o mujique, o criminoso impulsivo, o revolucionário, o epilético incurável, o neurastênico bizarro e louco. Desenvolvendo este programa singular e inexplicável, porque, segundo observa Talbot, não há país que possua menor número relativo de degenerados, o que domina o escritor russo não é a tese preconcebida, ou o caráter a explanar friamente, senão um largo e generoso sentimento da piedade, diante do qual se eclipsam, ou se anulam, o platônico humanitarismo francês e a artística e seca filantropia britânica.

Nada mais expressivo no trair a alma nova de uma raça do mesmo passo em conflito com a retrógrada organização social, que a comprime, e com o utilitarismo absorvente destes tempos. Conforme um asserto de F. Loliée, o que caracteriza esta mentalidade é a preocupação superior dos fatos morais, o eterno problema altruísta, para que tendem todos os impulsos individuais ou políticos, através de uma análise patética dos menores abalos da natureza humana e visando, essencialmente, no franco estadear dos males profundos da Rússia, estimular as suas grandes aspirações e a sua marcha para o direito e para a liberdade. O próprio niilismo, com as suas mulheres varonis, os seus pensadores severos, os seus poetas sentimentais e ferozes, e os seus facínoras românticos — um desvario dentro de um generoso ideal — reponta às vezes, nesta crise, como a forma tormentosa e assombradora da justiça.

No conflito o que se distingue bem é o choque inevitável das duas Rússias, a nova, dos pensadores e artistas, e a Rússia tradicional dos czares; o recontro do ária, e do calmuco.

Daí a sua fisionomia bárbara, porque é incoerente e revolta, surgindo numa profusão extraordinária de vida, em que os velhos estigmas ancestrais, cada vez mais apagados, mal se denunciam entre os esplendores de um belo idealismo cada vez mais intenso e alto...

***

Mas daí também a sua missão histórica neste século. Conquistada pelo espírito moderno, a Rússia tem, naqueles estigmas remanescentes, admiráveis recursos para a luta que nesta hora se desencadeia no extremo oriente.

47

O seu temperamento bárbaro será o guarda titânico invencível, não já de sua civilização, mas também de toda a civilização europeia.

O conceito é de Havelock Ellis: o centro da vida universal dos povos tende a deslocarse para o Pacífico, circundado pelas nações mais jovens e vigorosas da terra — a Austrália, o Japão e as Américas.

Ali a Rússia não tem apenas o privilégio de ser a única representante da Europa, senão o de ser a única entre as nacionalidades que, por um longo contacto com a barbaria, pelo hábito de vencer e dominar os impérios orientais tipicamente bárbaros e por conservar ainda vivazes os atributos guerreiros do homem primitivo — está mais bem aparelhada a constituir-se o núcleo de resistência do bloco ocidental contra a ameaça asiática.

E inevitavelmente — quaisquer que sejam os prodígios dos bravos generais e dos bravíssimos almirantes japoneses — a civilização seguirá para aquele novo mundo do futuro — que margeará o Pacífico — tomando uma passagem no Transiberiano.

Transpondo o Himalaia

*U*m despacho para o War Office transmitiu as informações do coronel Younghusband, acerca da primeira vitória decisiva das tropas que constituem a expedição do Tibete — e aquele telegrama mal desviou a atenção geral, toda entregue à emocionante luta russojaponesa.

Entretanto, ali estão as primeiras linhas de um drama menos teatral e ruidoso, mas, talvez, mais profundo e de mais imprevistas consequências.

Prática como sempre, a Inglaterra aproveitou as aperturas atuais da Rússia e transpôs a muralha do Himalaia.

Que vai fazer? Adiante, deixada a orla formosíssima do vale de Cachemira, desata-selhe o planalto, asperamente revolto, que recorda uma dilatação lateral da enorme cordilheira. Os terrenos ondulam, riçados de gargantas, dobrando-se em vales numerosos e empinando-se em contrafortes crespos de fraguedos, formando-se os pamirs desolados e ásperos, quase despidos, onde uma flora escassa, mal abrolhando entre pedras, reflete todo o excessivo de um clima impiedoso: de verão, calcinando no revérbero fulgurante das soalheiras; de inverno, amortalhando a natureza toda no sudário branco das geadas.

Ali não há firmar-se a mais indecisa continuidade de um esforço. A vida deriva-se tolhiça e incompleta, num permanente mal das montanhas.

Dada uma centena de passos, o forasteiro estaca, ofegante, no delíquio de um repentino assalto de fadiga, sentindo que não lhe basta aos pulmões, afeiçoados aos ares nativos, toda a atmosfera rarefeita que o envolve. Fala, e mal percebe a própria voz. Grita, e o grito extingue-se logo, sem ecos, num abafamento de segredo. Depara os primeiros habitantes e assombra-se. Está diante de uns originalíssimos colossos-anões, que resumem na estatura meã todos os extremos da plástica: amplos torsos de atletas sobre pernas bambeantes e finas, de cretinos.

Compreende então, de pronto, as terríveis exigências de aclimação deformadora, capaz daquela caricatura horripilante de titãs.

O inglês, desempenado e rijo, tem naqueles lugares, na sua impecável harmonia orgânica, uma condição desfavorável e a fraqueza paradoxal da própria robustez, meio asfixiada num ambiente que lhe não basta. Suplanta-o o indígena desfibrado, o chepang, ouo hayn, o mostrengo que vive à custa da redução da vida e da miséria orgânica, largamente satisfeita com uma hematose imperfeitíssima.

Este, sim, lá se equilibra. Não lhe pula o sangue, a escapar-se no afogueado rubor das arteríolas refertas; não o estonteia a vertigem: e o seu pulmão, amplificado à custa da atrofia de todo o organismo, colhe bem, no espaço rarefeito, a exígua meia ração de ar de que precisa.

Chegam-lhe, além disso, a fartar, os aleatórios recursos do solo esterilizado e pobre. E quando não lho bastassem, lá está, para ampará-lo e transmudar-lhe em benefícios as misérias, a sua religiosidade extraordinária, maior que todas as outras, no sistematizar a renunciação e os sacrifícios.

Realmente, o Tibete — este "teto do mundo", consoante a hipérbole oriental — tem, na sua maior cidade, Lassa, o Vaticano do budismo.

A filosofia, que é um prodígio de imaginação e de incoerências — toda baseada na ideia essencial do nada, ao mesmo passo que vê na natureza uma infinita série de decomposições e recomposições sem princípio e sem fim — não podia encontrar melhor cenário, nem mais apropriada gente.

O Tibete é uma vasta Tebaída misteriosa. Um terço de sua população é de lamas — monges miseráveis e repulsivos, vestidos de trapos de mortalhas, meio idiotas e errantes de mosteiro em mosteiro, de povoado em povoado, ou à toa, pelos descampados, a pregarem, alucinadamente, a extinção da personalidade, o dogma do desespero e o tédio universal da vida: enquanto os dois terços restantes se abatem aniquilados, inteligências mortas sob o fardo de deuses e de mundos e de calpas seculares da mitologia formidável, que as estonteia e que as esmaga...

Toda essa gente ali se agita, num meio sonambulismo. O viajante encontra, por vezes, em todos os cantos de ruas, à entrada das casas, ou dos templos, incontáveis moinhos, tocados pelos escravos, ou pelos ventos, ou pela água — e tem a ilusão do trabalho. Mas a ilusão apenas. A breve trecho, nota que os cilindros girantes não esmoem o trigo, ou separam a lã; sacodem, esterilmente, as orações e as fórmulas consagradas que contêm.

As energias escassíssimas das gentes vão-se naquele industrialismo místico da reza.

Então, avalia bem a identidade admirável, que, no Tibete, associa, indissoluvelmente, o homem e a terra. Lança o olhar em volta. Contempla as paragens desoladas e abruptas, tumultuando em píncaros desnudos, perdidos no silêncio misterioso das alturas, e compreende que para aquele recanto do planeta, alternadamente trabalhado pelos maiores estios e pelos maiores invernos — só mesmo a quietude eterna e a imensidade vazia do Nirvana...

***

Que vai fazer, ali, o inglês?...

Vai defender a Índia. Lorde Curzon, o atual vice-rei, declara-o formalmente; a Índia é uma enorme fortaleza triangular, tendo o Índico como um fosso envolvente por dois lados, e, pelo outro, o muro do Himalaia.

Transposto este, está uma esplanada, o glacis, que deve jazer na mais absoluta neutralidade. É a região ao sul do Tibete. Este, porém, abando-

Contrastes e confrontos

nando, nos últimos tempos, o seu isolamento milenário, mandou emissários ao tzar, abrindo espontaneamente à política asiática da Rússia um dilatado campo, que se expande, a partir das fronteiras orientais do Turquestão. Deste modo, a Rússia, sobre o glacis, irá ajustar-se, por terra, às lindes da mais imponente das possessões inglesas, bloqueando-lhe daquele lado trezentos milhões de súditos.

Daí, esse movimento de contrapolítica, que o Times resume limpidamente: "A resolução do governo inglês é clara. Para o russo dominante no Turquestão, o Tibete é um país muito distante, que tem muito perto, a um passo, a Índia. E, embora este passo tenha de dar-se por cima do Himalaia, a grande cordilheira de modo algum se compara ao imenso planalto enregelado, onde o caminhante opresso, numa altitude de 5.000 metros, calca, durante dois meses, a neve sem ver um homem, sem ver uma única árvore entre os plainos do Turquestão e as primeiras cabanas dos caçadores, a 200 quilômetros de Lassa. Este planalto, e não a cordilheira, é que forma a fronteira setentrional da Índia; e o governo inglês não permite que lha ocupem num movimento ameaçador e contorneante."

"A Inglaterra não vai conquistar, povoar, ou colonizar aquele trato do território. O que a Inglaterra não quer, e tenazmente, é que lhe extingam aquele deserto — e que penetre no país, perpetuamente malignado pelo clima, pela imbecilidade dos lamas e pela vadiagem aventureira dos tchandalas, a alma forte e maravilhosa dos russos."

Ressalta, nesta circunstância, o significado interessantíssimo do caso.

A nação mais prática entre todas — onde a inteligência, conforme a frase de Emerson, está numa espécie de materialismo mental, porque nada produz sem se basear num fato positivo - coloca-se, inesperadamente, ao lado da infinita idealização estagnada do budismo...

Porque, afinal, o que convém à política inglesa na Índia é a permanência da sociedade decaída e apática, o vazio da célebre "esplanada" — com tanta seriedade e tão involuntário humorismo exposta pelo previdente Lorde Curzon.

E, para isso, armou-se uma expedição, que lá está, há meses, assoberbada de dificuldades de toda a ordem, num solo onde as armas inglesas, encontrando nos tibetanos uma resistência inesperada, ainda não perderam o brilho, somente devido à bravura e à tenacidade inamolgável dos gurkas e siks do Nepal, os melhores soldados do Velho Mundo.

A tomada de Giantsé, efetuada pelo coronel Younghusband, depois de um rude canhoneio, deu-lhes um ponto estratégico de primeira ordem. Aquela cidade era o primeiro objetivo da campanha. Segundo se colhe de notícias anteriores, o governador da Índia pretendia, expugnando-a, transformá-la num centro de negociações diplomáticas com os grandes lamas e com o Dalai-Lama de Lassa, por maneira a firmar o prestígio britânico, sem maiores dispêndios de sacrifícios.

A este propósito, citou-se, mesmo, o grande lama de Tashe Lump, "o grande mestre", como o denominam, que assiste em Shigtsé, a poucas léguas de Giantsé.

Ao que se figura, porém, as tentativas neste sentido fracassaram.

Os últimos despachos noticiam que a expedição, agora sob o mando direto do general MacDonald, segue rumo decisivo para o seu objetivo lógico, para Lassa, para o âmago do país, para a Roma intangível do budismo...

Realmente, devem aguardar-se todas as surpresas, e até as revelações mais imprevistas, deste recontro: um conflito entre o povo que melhor equilibra as energias da civilização moderna e a velhíssima raça, onde melhor se conserva o desvairado das sociedades primitivas.

Conjecturas

*E*ntre os enredos prováveis que em breve embaralharão a luta do Extremo Oriente avulta, a ressaltar em destaque sobre todas as conjecturas, uma ação interventiva da Inglaterra.

Tudo a sugere. À parte sem, número de outras circunstâncias, mostram-na, com toda a clareza de um traçado geométrico, os itinerários seguidos pelas duas grandes nacionalidades no Velho Mundo.

A princípio marcharam paralelamente: o inglês pelo Egito, pelo Afeganistão, pela Índia; o russo pelo norte do Turquestão e pela Sibéria em fora a defrontar o Pacífico; e, certo, teriam no Tibete e na China propriamente dita uma larga superfície isolante, que devia garantir a imiscibilidade de suas poderosas vagas invasoras, se uma delas, a russa, não houvesse de infletir forçadamente para o sul, tendendo para um encontro, que será um conflito.

De feito, a rota do eslavo para o Oriente — a mais lenta e a maior de todas as invasões — não denuncia, como a do saxônio, um excesso de vida, porém a mesma necessidade inflexível de viver. Não obedece a um traçado sistemático e seco; não vai num percurso de gentes disciplinadas avançando adstritas à retitude de programas prefixos - é um espraiamento largo a assoberbar fronteiras, o refluxo desordenado e em massa de um povo rudemente repelido num final espantoso de batalhas.

Realmente, a guerra da Criméia fechou o ocidente da Europa à Rússia e despenhou-a sobre a Ásia. A típica bonomia política de Napoleão III,

Contrastes e confrontos

com servir tão complacentemente aos interesses da Inglaterra, em 1853, afigura-se-nos hoje um lance aquilino de estadista maquiavélico, porque toda aquela campanha recorda um reconhecimento armado preparando meio século mais tarde uma luta titânica à adversária secular da França. Era fácil prevê-la. O colosso moscovita, vencido, ficara inteiramente bloqueado: o Bósforo interdito sequestrava-o nas suas estepes, sem saída; e a indústria triunfante das raças vitoriosas malsinava-lhe, suplantando-lho, o desenvolvimento econômico incipiente.

A Rússia, com a sua estrutura social variadíssima e imperfeita e a sua atividade ainda tateante entre a servidão e a liberdade, seria para sempre vencida pelo trabalho organizado e pelas riquezas estáveis de todo o resto da Europa.

Mas dominou a situação gravíssima. Contornou-a; transmudou todo aquele recuo num avançamento; e abalou para o levante num movimento de flanco admirável, entre ameaçador e pacífico, porque não lho estimulava ou inspirava apenas o velho sonho guerreiro de Pedro, o Grande, a conquista do mar, senão também o anelo de deparar, em outras terras, novos centros produtivos, de cultura. Ao revés da expansão britânica na Índia, não buscava mercados para o desafogo de indústrias que não tinha, mas novas áreas de produção industrial e agrícola, onde as caravanas anuais dos mujiques das Terras Negras — dois milhões de homens periodicamente postos fora dos lares pela miséria — encontrassem o abrigo salvador dos territórios ferozes que demoram além dos plainos estéreis do Turquestão ou da Sibéria.

Para a sua grande vida vacilante e distensa procurou a base econômica da China — uma Canaã vastíssima...

E assim se traçou a "estrada do império", o transiberiano, menos um caminho comercial do que um dreno desmedido canalizando para a Rússia européia toda a força vital da Ásia conquistada.

Para isso se demasiou em esforços em que as empresas militares mal se destacam entre os prodígios de uma diplomacia incomparável.

Não há resumi-los. Diante dos hábeis diplomatas, de Mouraviev a Cassini, abria-se o desconhecido: o Império do Meio, com a sua contextura política indecifrável, onde a autoridade periclitante de uma dinastia intrusa mal se equilibra entre os Canatos anárquicos da Mongólia — e a força religiosa dos lamas do Tibete. Neste sistema desfalecido, em que divergem os poderes mal unidos pela identidade das crenças difundidas na amplitude do budismo, penetrou a componente dominante da política russa, que os equilibrou ou os dirigiu, ou os anulou pelo contraste dos interesses em jogo; de sorte que a breve trecho a nacionalidade, que se perdia na grandeza inútil da Sibéria, tendo no Pacífico, em Petropavlosky, uma saída única obstruída pelos gelos, se dilatou para o sul até Vladivostock; firmou-se depois, mais avantajada, em Porto Arthur — de onde, assoberbando todo o

53

vale do Amur, abrangeu a Manchúria, e conquistou o protetorado franco da Mongólia, onde se estia a suserania do Tibete...

Em cinquenta anos expandiu-se em superfície capaz de cobrir a de toda a Europa ocidental, de onde refluíra em 1853.

Foi um triunfo e um revide.

Completa-os — fato sugestivo, ainda que desvalioso — uma destas minúcias pinturescas tão em destaque às vezes entre os maiores acontecimentos.

De fato, o último aspecto desta estupenda hipertrofia territorial recorda-lhe o ponto de partida. A extremidade peninsular de Liao-Tong — neste momento o mais ruidoso palco do drama russo-japonês — é a miniatura da Crimeia. Ali ainda se retrata, estereotipado no desmantelamento da terra, o cataclismo geológico que destacou o Japão da Coréia, deixando-lhes de permeio a ruinaria esparsa das "Dez mil ilhas", que fervilham entre Fuzan e Nagasaqui. A ponte extrema da peninsular Kuang-Tong, a "espada do regente", embebida no mar à feição de gládio desmedido, denteia-se de numerosas enseadas ou reentrâncias nos ásperos costões de micaxisto...

Numa delas o acesso se faz por uma passagem estreita, breve angustura de taludes a pique à maneira de brecha de muralha.

E lá dentro, no encerro da baía, as falésias a prumo desatam-se em cortinas unidas, encimadas de baluartes, desenrolam-se ou entrelaçam-se entrincheiramentos, acompanhando os sulcos das ravinas, e os cerros torreados crivam de fortalezas as alturas...

É Porto Arthur – a Sebastopol ameaçadora do Pacífico.

***

Ora, esta expansão vitoriosa contrabate, de um lado, os interesses imediatos do Japão transfigurado nos últimos trinta anos, com uma vida intensíssima a desbordar no âmbito de suas ilhas para o cenário maior do continente fronteiro — e de outro, aos interesses futuros da Inglaterra na Índia, sobre a qual descerá direta e esmagadoramente o peso morto formidável deste antigo mundo restituído à história.

Daí a luta — a luta às claras do Japão, arrojando na Manchúria todo o seu exército, e a luta surda da Inglaterra, mal disfarçada sob a forma meio diplomática, meio militar, da missão do Tibete, que deste modo chega aos muros de Lassa, a "impenetrável".

Mas neste investir com a capital interdita do budismo, as armas inglesas vão bater precisamente no centro irradiante das inspirações superiores da diplomacia moscovita. De fato, toda ela, a despeito da sua complexidade e das infinitas maranhas em que enleou a metade da Ásia, tem consistido em destacar o prestígio eslavo entre a fidelidade precária dos chineses à dinastia reinante e a aversão nacional à expansão econômica do Ocidente.

Teve que harmonizar coisas opostas: captar a confiança da primeira, protegendo-a ou dirigindo-a, e ao mesmo tempo o apoio da grande maioria do povo, em quem o nacionalismo antidinástico é um caso particular da xenofobia, o ódio ao estrangeiro, que o caracteriza.

Ora, o instrumento desta maquinação — a maior e mais vasta de quantas intrigas rememora a história — foi o mais alto fator da vida oriental, o clero búdico, a oligarquia teocrática de Lassa, o árbitro preexcelente de todas as questões asiáticas.

Tudo mais está num plano subordinado; os nove mil quilômetros de rails que prendem Porto Arthur a Petersburgo; os possantes locomóveis que correm hoje pelos plainos da Mongólia, arrastando pesadíssimos trens e resolvendo o problema da rápida viação sem trilhos; as cidades russas emergentes com os seus nomes caracteristicamente russos por toda a Manchúria; as operações em vasta escala do Banco Russo-Chinês, açambarcando todas as finanças do Oriente; e todo o vasto acampamento que perlonga as vias férreas, onde em cada estação se abarraca uma sotnia de cossacos: todas estas formas materiais e imponentes do domínio têm a garantia maior da aliança habilmente estabelecida, desde 1901, entre o papa ortodoxo do Neva e o imperador teocrático de Lassa.

Graças a ela, desenvolveu-se o protetorado russo na Mongólia e a suserania virtual do czar sobre toda a China. E quando a Corte manchu, rudemente molestada pela última intervenção européia, se acolheu sob o amparo da Rússia, desvendou-se inteiramente, diante da Europa surpreendida, a aliança singularíssima entreabrindo uma nova fase na história do Oriente.

Delatou-a incidente expressivo. O chefe do budismo, o super-homem tibetano, modificou a cerimônia tradicional com que através dos séculos ele consagra os poderes supremos da Ásia: o chanceler de Lassa, conduzindo os presentes simbólicos do domínio, não se dirigiu mais a Pequim. Dirigiu-se para a Livádia.

Era a sagração do czar — logo depois sancionada pela própria dinastia manchu com o tratado confidencial de julho de 1902. E o enorme bloco russo-búdico, descendo esmagadoramente sobre a Ásia meridional, cerrou todas as passagens à expansão inglesa.

Compreende-se, então, a última entente cordialíssima entre a Inglaterra e a França, rematando tão de improviso uma rivalidade secular. Não no-la explicam as simples tendências galófilas do antigo príncipe de Gales. A política inglesa é a menos sentimental das políticas, e embora a inquinassem os nossos belos defeitos latinos, o seu aparelho complexo repele todos os influxos pessoais. A explicação reponta das linhas anteriores. A arrogância britânica, tão desafiadora ainda há pouco em Fashoda, transmudou-se em dócil cortesia, porque se lhe antolhava, depois do problema africano resolvido no Transval, o problema asiático, mais sério e quase misterioso no intricado de infinitas incógnitas.

Previu próxima e inevitável deslocação da sua força para a Ásia, a enterreirar um antagonista que além da própria robustez lhe tem às portas, separado pelas seis horas de travessia da Mancha, um aliado respeitável. Era-lhe preciso remover todas as interpretações inconvenientes da aliança franco-russa. Daí as suas transigências quanto aos pontos controvertidos em Sião, o abandono dos projetos de linhas férreas contrapostos aos interesses franceses no sudoeste chinês, assim como as suas imprevistas concessões no norte da África e na Terra Nova — e sobretudo o afogo, a ânsia, a vibratibilidade perfeitamente latina com que se precipitam os debates do acordo anglo-francês, na Câmara dos Comuns. De qualquer modo, deixando o seu esplêndido isolamento, o Reino Unido enfraquecerá os compromissos franceses na dupla aliança e poderá abalançar-se à maior das guerras.

A situação é clara.

Se a Rússia for vencida, não terá o apoio do Ocidente num trabalho de paz que lhe salve ao menos uns restos de domínio. A convenção anglo--japonesa de julho de 1902, tão denunciativa do largo descortino de Chamberlain, e destinada sobretudo a fechar as estradas da Índia e do Pacífico à Rússia, terá todos os seus efeitos, e o governo de Micado ficará largamente compensado do amargo desapontamento daquele ilógico tratado de Simonosaki, em que as nações interventoras, entoando um vae victoribus! extravagante, lhe remataram as vitórias sobre a China, obrigando-o a respeitar a integridade territorial do vencido. A Coréia, o Império da Manhã Serena, cairá inteiramente na órbita do Sol Levante...

E se a Rússia triunfar — o historiador futuro terá de narrar uma campanha tão anormal, tão vasta e cheia de titânicas batalhas, que todos os recontros e assaltos desta rude refrega, desencadeada agora no Oriente, surgirão apequenados, feitos simples combates de vanguardas.

Contrastes e confrontos

Quem vai com Humboldt através das serras e das gentes do Peru, observa um paralelismo interessante. Copiam-se, refletem-se. A história, ali, parece um escandaloso plágio da natureza física.

Busquemo-la em todos os tempos e em todas as datas — com o arqueólogo nos baixos-relevos dos templos desabados, com o geólogo nas páginas unidas dos estratos que se dobram nas vertentes abruptas, ou com os cronistas coloniais nas emocionantes narrativas dos "conquistadores" e veremos um baralhamento de contrastes em que os fatos sociais recordam um decalque dos fatos inorgânicos, repontando, reproduzindo-se e traduzindo-se entre dois extremos: os Andes e a civilização dos incas, os terremotos e o Peru dos "pronunciamentos".

Vai-se da terra que se retalha e se esboroa presa nas redes vibrantes das curvas sismais que rudemente a sacodem, à impotência imóvel da cordilheira equilibrada numa ossatura rígida de dolerito; do império patriarcal, e esteado numa teocracia inflexível e no regime das castas, à república revolta e doidejante, intermitentemente abalada pela fraqueza irritável dos caudilhos.

Não se disfarçam estes contrastes e estas identidades. Eles lá estão na faixa litorânea amaninhada pelas dunas e na montaña feracíssima, que as matas ajardinam. Numa e noutra se fronteiam um passado imemorial quase maravilhoso e um presente indefinido e deplorável. Fronteiam-se e repelem-se. Destacam-se tão incompatíveis que o viajante, sem que o perturbem os agrupamentos incaracterísticos que hoje ali se agitam, pode reconstruir nos seus aspectos dominantes toda a idade de ouro dos aimaras.

Segue a princípio pelo deserto salpintado de oásis, que se desata de Arica a Tumbez, e encontra para logo, nas huacas subterrâneas, a própria sociedade antiga: múmias ressequidas, abertos no escuro das colônias tumulares os olhos de esmalte, num protesto eloquentíssimo contra a destruição.

Mais longe, nas cercanias de Pachacamac, as ruínas dos primeiros santuários do Sol: longas galerias de muros derruídos culminando as serranias, e os primeiros baluartes arremessados na altura, nos cimos que sobranceiam o Pacífico, denunciando um tino incompírável nos dispositivos para a defesa do território.

Prossegue até Trujillo e desponta-lhe um traço superior de caráter utilitário da administração incásica: as acéquias e os diques que canalizavam ou abarreiravam os rios, alastrando em largas superfícies as redes irrigadoras, permitindo culturas opulentas em lugares onde jamais chove, ou um trecho muitas vezes secular, de estrada incomparável, estirando-se em lajedos planos para o levante, investindo com os primeiros esporões da cordilheira... Subindo-a, vai num crescendo a imagem retrospectiva do passado. A paisagem torturada da serra, em que a luz crua do trópico não anima as cores apagadas da flora rarefeita, e os horizontes se abreviam no escarpado dos pendores, não impressiona. Suplanta-a a ruinaria da civilização lendária. É a princípio a mesma estrada que se pisa: uma avenida do Equador ao Chile, torneando as encostas em cortes na rocha viva, transpondo despenhadeiros em pontes suspensas que precederam de séculos às da nossa engenharia pretensiosa, e evocando nos traços remanescentes dos postos militares, nas estações intervaladas, nos parques escalonados em que se encerravam os lhamas velocíssimos, os tempos gloriosos em que lhe batiam no calçamento de silhares o tropear dos exércitos, o galope dos correios céleres e a marcha das longas caravanas dos mercadores tranquilos.

Ladeiam-na fortalezas e templos.

De Cajamarca a Cuzco não há talvez um quilômetro onde uma pirâmide truncada, um obelisco, um pilar, um pedaço de muro, um pórtico desabado, um bloco de granito polido com desenhos em relevo, e um renque de monólitos, e uma cariátide monstruosa de pórfiro azulado — não recordem a raça extraordinária, que, sem conhecer o ferro, se afoitou a cinzelar a pedra, e com uma frágil ferramenta de bronze criou uma escultura monumental em blocos de montanhas.

Em Olataitambo os santuários talharam-se na rocha viva.

Pisace é um contraforte de cordilheira e uma fortaleza; coroam-na sete píncaros, sete baluartes; ninguém lhe marca o ponto em que as ousadias do homem cederam às grandezas naturais, porque, com lhe derivarem as encostas em taludes fortes, as plataformas circulantes que lhas dominam em sucessivos patamares multiplicaram-se, cobrindo-as inteiramente com a imagem exata de uma assombrosa escadaria de gigantes.

A estas brutalidades da força aliaram-se, maiores, os prodígios da inteligência. À natureza que lhe negava as chuvas, o inca contrapôs a preocupação científica do estudo persistente do clima, ainda hoje tão bem denunciado no aquário de pedra do observatório higrométrico de Quenco.

Foi buscar os mananciais eternos dos nevados; captou-os; dirigiu-os em aquedutos, ora ajustados às vertentes, ora subterraneamente varando serranias; ou então — pormenor que é um recuo considerável das origens da hidráulica moderna — lançados de uma a outra serra em vasos comunicantes desmedidos. Por fim, nos lugares onde não encontrou o cerne rijo da terra para erigir os seus monumentos, inventou os aparelhos poligonais ciclópicos: uma arquitetura para desfiar o cataclismo...

Contrastes e confrontos

***

Mas não previu o espanhol do século XVI.

A raça forte e pacífica, que dava os primeiros lugares aos inspetores agrícolas, aos engenheiros, que lhe abriam as estradas e os canais, e aos arquitetos, que lhe alteavam os templos, foi colhida à traição pela brutalidade militar da Espanha. Fez-se na história a cópia servil de um daqueles terremotos que no Peru subvertem cidades em minutos.

À unidade da raça autóctone, disciplinada e íntegra, marchando com um método tão seguro que lhe permitiu tão altos cometimentos, contrapôs-se a desordem de uma exploração em larga escala e o dispersivo dos caracteres de imigrantes atraídos de todos os países.

Porque o peruano é, ainda mais do que nós, uma ficção etnográfica.

Em 1873 Charles Wiener contemplou, numa das ruas de Lima, uma galeria de quase todas as raças — o branco, o negro, o amarelo e o bronzeado — e todos os cambiantes destas cores, do zambo ao cholo, do mulato ao chino-cholo — completada por uma separação absoluta de classes, do *cooli*, que aluga a liberdade, substituindo o negro, ao estrangeiro que ali chega, explora adoidamente a terra e vai-se embora, ao quíchua, espalhando na tristeza incurável a doença de sua gens que está morrendo... No alto o neto dos conquistadores, o quase *hidalgo*, em que pese a mestiçagem, o condutício dos caudilhos, o irrequieto industrial das revoluções, o que se diz peruano, guardando intacta a velha altivez espanhola, quer a estadeie entre as opulências das *haciendas*, ou a levante, mais impressionadora, revestido de andrajos, e mendigando intimativamente como se fosse um gentil homem da miséria... Ora, toda essa gente — à parte as culturas nos pontos em que se desenterram as acéquias dos antigos — de um modo geral se aplica aforradamente, numa agitação ansiosa, aos únicos trabalhos que lhe não implicam as disparidades de um temperamento e as divergências de esforços: saqueia a terra e o passado. Arrebata-lhes o ouro, e a prata, e os nitratos, e o guano, e as múmias, e as pedras dos templos.

Desbastam-se as costas e as ilhas, degradam-se os flancos das serranias, profanam-se as pirâmides funerárias, e revolvem-se as *huacas*, que, às vezes, valem pelas melhores minas, bastando notar-se que com um quinto de ouro de uma delas se construiu Trujillo... Não se define o repulsivo dessas pesquisas lúgubres e dessa indústria macabra, que tem como matéria-prima arcabouços disjungidos e profanados, ou velhos sudários em pedaços.

Nada caracteriza melhor o parasitismo, o desapego às tradições, a falta de solidariedade e o desequilíbrio de energia das gentes que abarracaram por aquelas bandas.

O passado é um despojo.

Aproveitam-no na sua forma estritamente utilitária. E neste apropriar--se a esmo, a sociedade revolucionária e frágil vai dando uma expressão tangível ao contraste que a apequena ante a sociedade morta. Veem-se então mesquinhos pardieiros desequilibradamente eretos sobre embasamentos ciclópicos; ou cidades, e citemos apenas

Huamachuco, construídas com os blocos arrancados dos templos: uma triste projeção horizontal de velhas fachadas, um acaçapado estiramento de grandezas repartidas em casas de tetos deprimidos e paredes espessas, e uma melancólica arquitetura de ruínas...

***

Ora, esta atividade, que um sem-número de causas físicas e sociais tornaram impulsiva, agitadíssima e estéril, derivando em desfalecimentos e arrancos, rebate-se na existência política do Peru. Daí a monotonia irritante dos pronunciamentos, os desastres das guerras infelizes e o tumultuário das perigosas sucessões presidenciais, que ora se fazem, progressivamente, à americana, a revólver, ora com o requinte feroz daquele suplício dos dois usurpadores Gutierres — expostos, oscilantes, nas torres da Catedral de Lima, e despenhados, depois, do alto daquelas duas Tarpéias barrocas para as fogueiras vingadoras acesas na Plaza de Armas...

***

Confrontados estes contrastes, acredita-se quase que as incursões peruanas, neste momento exercitadas nas fronteiras remotas do Alto Juruá, se traduzam como uma retirada, uma tendência para abandonar a estreita e alongada região onde uma nacionalidade, cujos antecedentes étnicos prefiguram mais elevados destinos, jaz bloqueada entre o maior dos mares e a maior das cordilheiras, sobre um solo batido pelo desequilíbrio dos agentes físicos e em contacto com um passado que tanto tem influído na sua desfortuna.

Realmente, no Levante, transmontada a segunda cadeia dos Andes, desdobra-se a natureza estável — sem catástrofes e sem ruínas — guardando intactas as forças criadoras, à espera da componente prodigiosa do trabalho, e oferecendo, no remanso das culturas, na disciplina da atividade, adstrita a longos esforços conscientes, e na sugestão permanente da própria harmonia natural, a situação de parada que sempre faltou aos peruanos para que se lhes despertassem os notáveis atributos, até hoje suplantados por uma combatividade, que é uma fraqueza e é um anacronismo. Mas esta só poderá engravescer, criando-lhes maiores desditas, se, ressurgindo sob um novo aspecto, for encontrar novos alentos nas arrancadas dos caucheiros que estão prolongando, na devastação das grandes matas, um longo, um antiquíssimo tirocínio de tropelias.

Conflito inevitável

*A*s incursões peruanas não denunciam apenas a avidez de alguns aventureiros doidamente ferretoados da ambição que os arrebata às paragens riquíssimas dos seringais. São mais sérias; são quase um expressivo movimento histórico, desencadeado com uma finalidade irresistível. Não as determinam apenas as energias sociais instáveis e dispersivas da república sul-americana mais malignada pela caudilhagem, senão as mesmas leis físicas invioláveis de toda aquela zona. Realmente, quem quer que contemple através da visão prodigiosa de Humboldt, ou da clara inteligência de C. Wiener, todo o trato de terras que vai de Arica a Trujillo, constrito entre o Pacífico e os Andes, compreende que os destinos do Peru oscilam entre dois extremos invariáveis: ou a extinção completa da nacionalidade suplantada por uma numerosa população adventícia, que assume todas as modalidades do alemão industrioso ao cooli quase escravo — ou um desdobramento heróico para o futuro, uma entrada atrevida na Amazônia, um rush salvador às cabeceiras do Purus, visando do mesmo passo a uma saída para o Atlântico e um cenário mais e mais fecundo às atividades. Não há escapar às aperturas do dilema.

A posição prejudicial dos Andes cria ao Peru, como à Bolívia, regimes que se combatem: um litoral estéril que mal se alarga em dunas ondeantes, separado, por uma cordilheira, da porção mais vasta e mais exuberante do país. Na estreita faixa da costa, onde se adensou o povoamento e se erigiu a capital, e pulsa toda a existência política da república, estira-se um esboço de deserto; na montaña alpestre do Levante e mais longe nas planícies amplas, cobertas de florestas estupendas, por onde derivam, remansados, os últimos galhos dos tributários do Amazonas — pervagam, errantes, as tribos dos quíchuas inúteis.

Deste modo a natureza criadora e forte do Oriente se desentranha em riquezas incalculáveis diante das vistas incuriosas do selvagem — enquanto no Ocidente as praias e vales areentos, mal revestidos de uma flora tolhiça onde rebrilham os cristais nitrosos e se derrama em largas superfícies a lava endurecida, vão a pouco e pouco molificando o temperamento dos descendentes diretos dos "conquistadores".

Realmente, ali, naquela tira litorânea e primeiros recostos andinos que formam, afinal, toda a geografia política do Peru, a sociedade não se irmana à terra, desatando-lhe as energias recônditas e nobilitando-a pelas culturas. Faz uma aliança com os terremotos: devasta-a.

Enquanto estes lhe devoram as cidades, e lhe desviam os rios, e a retalham de fendas em que se enredam, baralhadas, as curvas sismais dos cataclismos — ela despedaça os flancos das montanhas em procura de ouro e de prata; perfura, escava e esquadrinha as dunas onduladas onde repousa há séculos, nas huacas subterrâneas, a sociedade espectral dos incas mumificados com as suas incalculáveis riquezas; perquire e tala os descampados na faina estonteadora da exploração dos nitratos de sódio; e desbasta as costas e as ilhas na pesquisa do guano, que exporta para o estrangeiro sem notar que a natureza previdente lhe oferece ao lado da esterilidade do solo os adubos preexcelentes que a destroem.

Mas ainda nesta atividade febril e parasitária, desencadeada à ventura, o peruano não está só. Em qualquer rua de Lima, já o notou um observador, se ostenta a mais numerosa galeria etnográfica da terra: do caucásio puro, ao africano retinto, ao amarelo desfibrado e ao quíchua decaído; e entre estes quatro termos principais, as incontáveis variedades de uma mestiçagem dissímil — do mulato de todos os sangues, aos zambos e cafuzos, aos cholos que lembram os nossos caboclos, e aos interessantíssimos chino-cholos, em cujos rostos se fundem as linhas capitais de quase todas as raças. Assim, ao desordenado das atividades se prende o conflito inevitável dos temperamentos. A vida decorre sem continuidade, sem a disciplina resultante de uma harmonia de esforços que extinga o dispersivo indispensável dos ofícios; e a sociedade incaracterística, sem tradições definidas — porque a invade e a perturba, intermitentemente, a grande massa de estrangeiros que a explora e abandona — parece refletir na ordem política o desequilíbrio das forças naturais que lhe convulsionam o território, oscilando, dolorosamente, sacudida pelos terremotos e pelos "pronunciamentos".

Ninguém lhe lobrigou ainda um aspecto estável, um caráter predominante, um traço nacional incisivo. Perenemente em começo, nesse agremiar os tipos adventícios de todos os quadrantes, vai absorvendo-lhes e refletindo-lhes por igual os atributos superiores e os estigmas. Quem lhe deletreia os fastos segue através de uma vertigem, e sofre o constante saltear das emoções mais opostas emergentes num baralhamento de sucessos que se entrechocam díspares. Depois de sentir o mesmo espanto de Darwin ao ver em 1832, na catedral de Lima, desdobrar-se sobre a tropa genuflexa a lúgubre bandeira negra de uma divisar a mantilha rendada da Perichole que tanto justificou a ironia popular (perra e chola!) pela vida desmandada na Corte pretensiosa do antigo Peru dos vice-reis.

Passa do trágico ao repulsivo, do assombroso ao grácil.

Ora, este jogar de contrastes oriundos em grande parte do viver aleatório de uma sociedade, que parece estar apenas abarracada no território

Contrastes e confrontos

alongado que perlonga o Pacífico, não escapou aos estadistas peruanos. Nascem daquela localização prejudicial sobre um chão maninho encerrando riquezas ocasionais que dia a dia decrescem, que se não reproduzem e dão ao trabalho improdutivo de as descobrir um triste aspecto de pilhagem — confundindo na mesma azáfama tumultuária a aglomeração irrequieta em que há todas as raças e não há um povo...

***

A salvação está no vingar e transpor a cordilheira. Ali ao menos há a sugestão dominadora da civilização surpreendente dos incas: a estrada de duas mil milhas distendida de Quito às extremas do Chile, lastrada pelas neves eternas, contorneando encostas abruptas em releixos de rocha viva, alcandorada em pontes pênsis sobre abismos, e estirando nas planuras as calçadas eternas de silhares unidos com cimento betuminoso; e os velhíssimos baluartes pré-incásicos feitos de montanhas inteiras arremessando-se nas alturas em sucessivos patamares ameados; e a ruinaria dos santuários do Sol com os seus aparelhos ciclópicos de blocos poligonais de pórfiro brunido; e os longos aquedutos do monte Siva, em cujos canais subterrâneos, perfurando as serras, se espelham esforços de uma engenharia titânica...

Depois, descidas as vertentes orientais da primeira cadeia dos Andes, transposta a montaña e a segunda cordilheira — a terra exuberante é desmedida, prefigurando nas grandes matas a mesma hiléia amazonense.

Nesta região, tão outra, está — pela implantação do trabalhador e pelo equilíbrio da existência agrícola — a redenção daquelas gentes que possuem os melhores fatores para um elevado tirocínio histórico.

Mas, ao mesmo passo que lhes despontam estas esperanças, extingue-lhas a mesma cordilheira com o seu largo tumultuar de píncaros e de pendores impraticáveis num talude vivo de muralha, que lhes trancam quase por completo as comunicações com o litoral. De fato, o Pacífico, ainda que se rasgue o canal de Nicarágua, parece que pouco influirá no progresso do Peru. O seu verdadeiro mar é o Atlântico; a sua saída obrigatória o Purus.

Sabem-no há muito os seus melhores estadistas: a expansão para o Levante traduz-se-lhes como um dever elementar de luta pela vida. Revelam-no todos os insucessos de numerosas tentativas buscando libertá-lo das anomalias físicas que o deprimem. Revelou-as desde 1879 C. Wiener: "Os peruanos aquilatam bem a importância enorme que teriam as estradas, ligando os afluentes navegáveis do Amazonas e do Ucaiáli às cidades do litoral; fizeram todos os esforços para executá-las porque lhas impõem a lógica e o interesse; mas parece que a sua força de vontade é menor que a constituição física dos autóctones."

De feito, contemplando-se diante de um mapa a faixa costeira entre Pachacamas e Tumbez, nota-se um como diagrama daquelas tentativas desesperadas e perdidas. Foi a princípio, no extremo norte, a linha férrea de

Paita a Piura, procurando os tributários setentrionais do Solimões; depois, próxima e ao sul, uma outra, de Lambayaque a Ferenafe: ambas estacionaram, trilhos imersos nos areais da costa. A terceira, lançada de Pascamayo à estação terminus de Cajamarca, e a quarta partindo de Salavery, pouco ao sul de Trujillo — buscavam as linhas de derivação do Ucaiáli: embateram ambas de encontro às fílades espessas e aos doleritos e quartzos duríssimos das cordilheiras. A quinta, a admirável estrada de Oroya, dominou parte da serrania, mas ficou bem longe do seu objetivo essencial no transmontar as últimas cordas de serras, varar pelas planícies do Sacramento e alcançar o Purus.

Esta é expressiva: mostra como o traçado do grande tributário do Amazonas, em cujas margens contendem agora os flibusteiros, norteia de há muito a administração daquela república.

Por outro lado, desde 1859, com Faustino Maldonado e dez anos depois com o coronel Latorre, sucessivas expedições se lançam para o oriente impelidas por alguns abnegados caídos todos naqueles lugares remotos, numa extraordinária intuição dos interesses reais do seu país.

Estes antecedentes delatam nas perturbações que lavram em toda aquela zona um significado bem diverso do que lhe podem dar algumas correrias de seringueiros.

A guerra iminente tem uma feição gravíssima.

Se contra o Paraguai, num teatro de operações. mais próximo e acessível, aliados às repúblicas platinas, levamos cinco anos para destruir os caprichos de um homem — certo não se podem individuar e prever os sacrifícios que nos imporá a luta com a expansão vigorosa de um povo.

Contra os caucheiros

A remessa de sucessivos batalhões para o Alto Purus — movimento de armas recordando um começo de guerra declarada — parece uma medida elementar de previdência.

É um erro. Não implica apenas o desfalecido das nossas finanças, nem se limita a projetar, de golpe, um brilho perturbador de baionetas no meio de um debate diplomático; vai além: prejudica de antemão a campanha provável e torna desde já precária a defesa das circunscrições administrativas criadas pelo Tratado de Petrópolis.

Estas afirmativas parecem paradoxais, e vão muito ao arrepio da corrente geral da opinião revoltadíssima contra esse Peru — tão fraco diante da nossa própria fraqueza. Mas são demonstráveis. Está passado o tempo em que a honra e a segurança das nacionalidades se entregavam, exclusivamente, ao vigor das tropas arregimentadas.

A última Guerra do Transval, à parte os efeitos materiais, teve consequências surpreendentes. Estão ainda vivíssimos em todas as memórias os admiráveis episódios daquela esgrima magistral dos boêres contra as armas pesadas da Inglaterra; e entre eles, um que, pelo aparecer constante e invariável nos dois campos adversos, se reveste quase do caráter de uma lei, se é que as tem a maneira heróica de brutalidade humana. Indiquemo-lo: em Paardeberg, quando as tropas regulares inglesas recuaram rudemente repelidas dos entrincheiramentos de Cronje, ampararam-na os voluntários canadenses num assalto brilhante que ultimou no assédio; Kimberley, defendida pelos cidadãos armados, reagiu com mais eficácia e diante de mais numerosos sitiantes do que Ladsmith guarnecida pela tropa de linha; em Magersfontain o pânico dos soldados teve o corretivo instantâneo de uma ducha, na fria impassibilidade dos *highlanders* escoceses... São fatos expressivos. Não escaparam à visão dos modernos profissionais da guerra. O coronel Henderson, que os testemunhou de perto, no estado-maior de Lorde Roberts, explica-os pelos terríveis efeitos desmoralizadores do armamento moderno e pelos embaraços criados pela pólvora sem fumaça.

O espírito de classe e a alta responsabilidade que lhe advém do cargo que ocupou junto ao comandante-em-chefe, não lhe tolheram o dizer nuamente que toda a luta sul-africana fora a glorificação dos lutadores improvisados, e a *triumph for the principle of voluntary service*.

De Bloch foi ainda mais incisivo: a preeminência do civil resulta-lhe, iniludível, das mesmas condições do campo das batalhas modernas, onde a virulência e rapidez do tiro impõem uma dispersão de todo oposta aos dispositivos das paradas e das manobras. Em tais circunstâncias os oficiais não podem dirigir efetivamente os soldados, e estes, sem o hábito das deliberações próprias, estonteiam, desunidos e inúteis, porque quanto maior é a sua disciplina e o training da fileira, tanto menor é a aptidão individual de agir.

O argumento é impressionadoramente claro: o civil apanhado a laço, o voluntário de pau e corda, o caipira a quem a farda aterroriza — mas cuja capacidade de ação se desenvolveu autônoma nas caçadas, na faina da lavoura, nos múltiplos ofícios, nas viagens e nas várias peripécias de uma existência modesta e livre, surge de improviso desarticulando todas as peças da sinistra entrosagem em que a arte militar tem triturado os povos.

E para que isto sucedesse bastou que esta última se desenvolvesse ao ponto de deslocar todas as velharias da tática, firmando a única garantia dos combates nas faculdades de iniciativa.

A conclusão é tão arrojada, e deforma tanto os moldes do conceito vulgar, que precisamos afastá-la da nossa responsabilidade de latinos sentimentais e exagerados.

Deixemo-la aí blindada na rigidez britânica: "It is this quality which makes the superiority of the boers over the british. And it is this also which accounts for the superiority of the british civilian over the british regular." (De Bloch — The wars of the f uture).

Assim se esclarecem notáveis anomalias: a glória napoleônica, em que colaborou talvez o precipitado de recrutas colhidos em todos os pontos e que iam aperrar pela primeira vez as espingardas na frente do inimigo; as batalhas estupendas da Guerra da Secessão; o sport ruidoso e álacre dos americanos em Cuba; e, neste momento, os desfalecimentos da formidável disciplina russa diante da vibratibilidade japonesa...

Inesperado desfecho: a guerra cresceu para diminuir na guerrilha; e depois de devorar os povos devora os próprios filhos, extinguindo o soldado. Não é Marte, é Saturno.

Reagiu à reprimenda dos filósofos e ao sentimentalismo dos poetas; evolveu ilogicamente apropriando-se dos recursos da ciência, que a repele, e dos da indústria, que é a sua antítese; por fim, se armou com uns dez milhões de baionetas e transformou-as na arma única que a trespassa. Acaba como os velhos facínoras salteados pela fadiga moral dos próprios crimes. Suicida-se.

Ora, um fato que ressalta tão vivo no esmoitado e no desimpedido dos campos mais próprios aos combates e aos seus alinhamentos prescritos, naturalmente se ampliará no embaralhado e no revolto do Alto Purus e do Alto Juruá, onde, até materialmente, são impossíveis aqueles dispositivos.

Contrastes e confrontos

Ali não nos aguardam tropas alinhadas. Esperam-nos os caucheiros solertes e escapantes, mal reunidos nos batelões de voga, dispersos nas ubás ligeiras, ou derivando velozmente, isolados, à feição das correntes, nos mesmos paus boiantes que os rios acarretam; e repontando, a súbitas, na orla florida dos igapós, e desaparecendo, impalpáveis, no afogado dos paranás-mirins, onde se entrançam as ramagens das árvores que os escondem; ou girando pelas infinitas curvas e pelos incontáveis furos que formam a interessantíssima anastomose hidrográfica dos tributários meridionais do Amazonas.

A imagem material de uma campanha, ali, será o labirinto inextricável dos igarapés. Aos nossos estrategistas não impenderá a tarefa relativamente fácil de bater o inimigo — mas a empresa talvez insuperável de lobrigar o inimigo. Iludem-se os que imaginam que o só aparecimento de alguns corpos de tropas regulares no desmarcado trato de terras que demoram entre o Juruá e o Acre, — baste a policiá-las, e a garantir os povoadores, e a impedir a violação de uma fronteira indeterminada. Os batalhões maciços, presos a uns tantos preceitos e ao retilíneo das formaturas, serão tanto mais inúteis quanto mais disciplinados e afeitos à solidariedade de movimentos. O melhor de sua organização militar impecável culminará no péssimo da mais completa inaptidão a se ajustarem ao teatro das operações, e a enfrentarem o torvelinho dos recontros súbitos ou a se subtraírem aos perigos das tocaias.

Não exemplifiquemos recordando lastimáveis sucessos da nossa história recente. Sobre tudo isto uma consideração capital. Aqueles longínquos lugares do Purus — mais conhecidos hoje, depois da exploração de Chandless, do que muitos pontos do nosso far west paulista — exigem uma aclimação dificílima e penosa. Apesar de um rápido povoamento, de cem mil almas em pouco mais de trinta anos, têm ainda o caráter nefasto das paragens virgens onde a copiosa exuberância da vida vegetal parece favorecida por um ambiente impróprio à existência humana. O seu quadro nosológico assombra, pela vasta série de doenças, que vão das maleitas permanentes à hipoemia intertropical entorpecedora e àquela originalíssima "purupuru" que não mata mas desfigura, embaciando a pele do selvagem e dando-lhe um facies de cadáver, pondo no rosto do negro, salpintado de manchas brancas, uma espantada máscara demoníaca, e imprimindo no do branco abrancura repulsiva do albinismo. . .

Vê-se bem quantos agentes, díspares nos aspectos mas convergentes nos efeitos, das conclusões mais recentes da técnica guerreira às mínimas exigências climáticas, concorrerão no invalidar a ocupação estritamente militar daquela zona. Além disto, as forças para repelir a invasão já ali se acham, destras e aclimadas, nas tropas irregulares do Acre, constituídas pelos destemerosos sertanejos dos Estados do Norte, que há vinte anos estão transfigurando a Amazônia. Eles formam o verdadeiro exército moderno como o preconizam, como o desejam, como o proclamam altamente, dentro dos círculos militares da Europa, os lumina-res da guerra precitados — não já para o caso especial das guerrilhas, mas para todas as formas das campanhas, quer estas se desenrolem nos campos clássicos da Bélgica, quer na topografia revessa do Transval. E confiados naqueles minúsculos titãs de envergadura de aço enrijada na têmpera das soalheiras calcinantes, a um tempo bravos e joviais, afeitos às deliberações rápidas e decisivas de uma tática estonteadora, que improvisam nos com-bates com a mesma espontaneidade com que lhes saltam das bocas as rimas ressoantes dos folguedos — poderemos permanecer tranquilos.

Para o caucheiro — e diante desta figura nova imaginamos um caso de hibridismo moral: a bravura aparatosa do espanhol difundida na fero-cidade mórbida do quíchua — para o caucheiro um domador único, que suplantará, o jagunço.

Entre o Madeira e o Javari

*N*ão há em todo o Brasil região alguma que tenha tido o vertigi-noso progresso daquele remotíssimo trecho da Amazônia, onde não vin-gou entrar o devotamento dos carmelitas nem a absorvente atividade, meio evangelizadora meio comercial, dos jesuítas. Há pouco mais de trinta anos era o deserto. O que dele se conhecia bem pouco adiantava às linhas desa-nimadoras do padre João Daniel no seu imaginoso Tesouro Descoberto: "Entre o Madeira e o Javari, em distância de mais de 200 léguas, não há povoação alguma nem de brancos nem de tapuias mansos ou missões."

O dizer é do século XVIII e podia repetir-se em 1866 na frase de Tavares Bastos: "O Amazonas é uma esperança; deixando as vizinhanças do Pará penetra-se no deserto."

Entretanto, nada explicava o olvido daquele território.

Compreende-se que os próprios norte-americanos tenham reprimido até 1868 a vaga povoadora impetuosíssima que assoberbou a barreira dos Alleganis e a transmontou, espraiando-se no far west; sopeara-lhes o arre-messo a maninhez desalentadora dos terrenos absolutamente estéreis que se desatam a partir das vertentes orientais das Rocky Mountains.

Entre nós, não. As nossas duas maiores linhas de penetração, a de São Paulo e a do Pará, convergentes ambas em Cuiabá, nortearam-se desde o começo como à procura de empecilhos de toda a ordem.

Contrastes e confrontos

Os sertanistas que abalaram de Porto Feliz à feição do Tietê e do Paraná, para vencerem as águas torrenciais do Pardo até alcançarem pelo Taquari e pelo São Lourenço aquele longínquo objetivo depois de uma navegação de cerca de quatro mil quilômetros — e os que demandavam, a partir de Belém, sempre ao arrepio das águas do Amazonas, do Madeira e do Guaporé, numa travessia de mais de setecentas léguas, iam apostados à luta formidável com os baques das catadupas, com o acachoar das itaipavas, com a monotonia inaturável das varações remoradas, com o choque das correntes e com os torvelinhos dos peraus. Venceram-nos; e o planalto dos Parecis, expressivo divortium aquarum, de onde irradiam caudais para todos os quadrantes, teve, em pleno contraste com este caráter físico dispersivo, uma função histórica unificadora que só será bem compreendida quando o espírito nacional tiver robustez bastante para escrever a epopéia maravilhosa das Monções.

Entretanto, demoravam-lhes no ocidente paragens que seriam facilmente percorridas sem aquela extraordinária dissipação de esforços.

A queda do maciço brasileiro, irregular e abrupta noutros pontos e originando regimes fluviais perturbadíssimos, que alguns rios, como o Tocantins e o São Francisco, prolongam quase ao litoral, ali se desafoga na maior expansão em longitude da América do Sul, precisamente na zona em que a viva deflexão dos Andes para o ocidente propiciou uma área à maior bacia hidrográfica da terra. Daí o remansado e o desimpedido dos seus fartos tributários. O Purus e o Juruá são, depois do Paraguai e do Amazonas, os rios mais navegáveis do continente. Descidas as vertentes orientais dos últimos contrafortes andinos, onde lhes abrolham as fontes, e repontam as suas únicas cachoeiras, volvem as águas num declive que o mais rigoroso aparelho às vezes não distingue. Ajustam-se à rara uniformidade dos terrenos tão eloquentemente exposta, à mais breve contemplação de um mapa, no paralelismo dos grandes cursos de água que correm entre o Madeira e o Javari, drenando lentamente a região desimpedida que prolonga os plainos bolivianos e onde a natureza equilibrada esconde as opulências de uma flora incomparável nos labirintos dos igarapés...

Mas ninguém a procurou. A metrópole que firmara a posse da terra nas cabeceiras do rio Branco, do rio Negro, no Solimões e no Guaporé com as paliçadas e os pedreiros de bronze dos velhos fortes de São Joaquim, Marabitanas, Tabatinga e Príncipe da Beira — quatro enormes escudos desafiando a rivalidade tradicional da Espanha — evitara por completo (como se recuasse ante a ferocidade, tão fabulada pelos cronistas, dos muros irradios) aqueles longínquos tratos do território — até que no-los desvendassem, em 1851, Castelnau e o tenente da marinha norte-americana F. Maury.

Foi uma revelação. O descobrimento coincidia com uma renascença da atividade nacional. Na imprensa, o robusto espírito prático de Souza Franco aliara-se à inteligência fulgurante de Francisco Otaviano nessa propaganda irresistível pela franquia do Amazonas a todas as bandeiras, a que tanto ampararam o lúcido critério de Agassiz, as pesquisas de Bates, as observações de Brunet e os trabalhos de Souza Coutinho, Costa Azevedo (Ladário) e Soares Pinto, até que ela desfechasse no decreto civilizador de 6 de dezembro de 66.

Tavares Bastos, não lhe bastando, à alma varonil e romântica, o tê-la esclarecido com o fulgor das melhores páginas das Cartas de um solitário, transmudara-se num sertanista genial: perlustrou o grande rio trazendo-nos de lá um livro, O Vale do Amazonas, que é um reflexo virtual da hiléia portentosa e é ainda hoje o programa mais avantajado do nosso desenvolvimento.

Ora, neste largo expandir de novos horizontes, um explorador tenaz, Chandless, traçou repentinamente a diretriz de um objetivo definido. Levara-o até lá, no trecho onde os grandes rios misturam as suas águas na anastomose das nascentes, o intento de descobrir uma passagem do Acre para o Madre de Dios — o velho problema da ligação das bacias do Amazonas e do Paraguai. Não o resolveu. Fez mais: sugestionado pelas maravilhas naturais, transformou-se num pioneiro salteado de ambições e fundou ali o primeiro estabelecimento que fixou o homem à terra; enquanto um mateiro destemeroso, Manoel Urbano da Conceição, um quase anônimo, como o é a grande maioria dos nossos verdadeiros heróis, batia longamente o reticulado inextricável dos furos, e, desvendando as nascentes de todos os tributários do Purus, preparava a um outro dominador de desertos, o coronel Rodrigues Labre, grande parte do terreno para um rápido e intensíssimo povoamento. De feito, foi uma transfiguração. Em pouco, sucessivas vagas de imigrantes reproduziam em nossos dias o tumulto das entradas do século XVIII. O látex das seringueiras, o cacau, a salsa, a copaíba e toda a espécie de óleos vegetais, substituindo o ouro e os diamantes, alimentavam as mesmas ambições ensofregadas.

A terra, até então entregue às tribos erradias, teve em cerca de dez anos (1887) uma população de 60.000 almas, ligando-se as suas mais remotas paragens de Sepatini e Hintanãa a Manaus, pela Companhia Fluvial do Amazonas, com um primeiro desenvolvimento de 1.014 milhas, logo depois distendidas na navegação dos tributários superiores que vão do Ituxi ao Acre. E por fim uma cidade, uma verdadeira cidade, Lábrea, repontou daquela forte convergência de energias trazendo desde o nascer um caráter destoante do de nossos povoados sertanejos — com o requinte progressista de uma imprensa de dois jornais, O Purus e O Labrense, e o luxo suntuário de um teatro concorrido, e colégios, e as ruas calçadas e alinhadas: a molécula integrante da civilização aparecendo, repentinamente, nas vastas solidões selvagens...

Ora, estes sucessos, que formam um dos melhores capítulos da nossa história contemporânea, são, também, o exemplo mais empolgante da aplicação dos princípios transformistas às sociedades. Realmente, o que ali se realizou, e está realizando-se, é a seleção natural dos fortes. Para esse investir com o desconhecido não basta o simples anelo das riquezas: requerem-se, sobretudo, uma vontade, uma pertinácia, um destemor estóico e até uma constituição física privilegiada. Aqueles lugares são hoje, no meio dos nossos desfalecimentos, o palco agitadíssimo de um episódio da concorrência vital entre os povos.

Alfredo Marc encontrou nas margens do Juruá alguns parisienses, autênticos parisienses, trocando os encantos dos boulevards pela exploração trabalhosa de um seringal fartíssimo; e acredita-se que o viajante não exagerou. Lá estão todos os destemerosos convergentes de todos os quadrantes. Mas, sobrepujando-os pelo número, pela robustez, pelo melhor equilíbrio orgânico da aclimação, e pelo garbo no se afoitarem com os perigos, os admiráveis caboclos do Norte que os absorverão, que lhes poderão impor a nossa língua, os nossos usos e, ao cabo, os nossos destinos, estabelecendo naquela dispersão de forças a componente dominante da nossa nacionalidade.

É o que deve acontecer.

Volvendo ao paralelo que, pouco há, indicamos, ao notarmos a súbita parada da expansão norte-americana no far west, levemo-lo às últimas consequências.

Por uma circunstância realmente interessante, os ianques, depois de estacionarem largos anos diante das Rochosas, saltaram-nas, vivamente atraídos pelas minas descobertas na Califórnia, precisamente no momento em que nos avantajávamos até ao Acre. O paralelismo das datas é perfeito. No mesmo ano de 1869, em que nos prendíamos por uma companhia fluvial àquelas esquecidas fronteiras, eles se ligavam ao Pacífico pela linha férrea do Missouri, audaciosamente locada nas cordilheiras e nos desertos.

Emparelhamo-nos, neste episódio da vida nacional, com a grande república.

Aceitemos, por isto mesmo, uma lição de Bryce. Traçando magistralmente o quadro da expansão ianque, o historiador nos demonstra que, diante do exagerado. afastamento da costa oriental, as gentes localizadas nas novas terras do Pacífico formariam inevitavelmente uma outra nacionalidade, se os recursos da engenharia atual lhes não houvessem permitido uma intimidade permanente com o resto do país.

O nosso caso é idêntico, ou mais sério.

As novas circunscrições do Alto Purus, do Alto Juruá e do Acre devem refletir a ação persistente do governo em um trabalho de incorporação, que, na ordem prática, exige desde já a facilidade das comunicações e a aliança das ideias, de pronto transmitidas e traçadas na inervação vibrante dos telégrafos.

Sem este objetivo firme e permanente, aquela Amazônia onde se opera agora uma seleção natural de energias e diante da qual o espírito de Humboldt foi empolgado pela visão de um deslumbrante palco, onde mais cedo ou mais tarde se há de concentrar a civilização do globo, a Amazônia, mais cedo ou mais tarde, se destacará do Brasil, naturalmente e irresistivelmente, como se despega um mundo de uma nebulosa — pela expansão centrífuga do seu próprio movimento.

Solidariedade sul-americana

A República nos tirou do remanso isolador do Império para a perigosa solidariedade sulamericana: caímos dentro do campo da visão, nem sempre lúcida, do estrangeiro, insistentemente fixa sobre os povos, os governos e os "governos" (ironicamente sublinhados ou farpeados de aspas) da América do Sul.

O imperador, em que pese à sua educação imperfeita e às suas sensíveis falhas de estadista, era o grande plenipotenciário do nosso bom senso equilibrado e da nossa seriedade. A sua bela meia ciência, toda ornada de excertos hebraicos e das estrelas da astronomia doméstica de Flammarion, mas ansiosamente atraída para o convívio dos sábios e contumaz frequentadora de institutos, era a nossa mesma ânsia, talvez precipitada, mas nobilíssima, de acertar, e a sua bonomia, os seus hábitos modestos e simples, os mesmos hábitos modestos, certo sem brilhos, mas em todo o caso decentes, com que andávamos na história.

Tinha a força sugestiva e dominadora dos símbolos ou das imagens. Era, para a civilização tão distraída por infinitos assuntos mais urgentes e mais sérios, um índice abreviado onde ela aprendia de um lance os aspectos capitais da nossa vida: o epítome vivo do Brasil.

Talvez não fosse bem certo e carecesse de uma mondadura severa, ou revisão acurada, mas tinha a vantagem de nos determinar uma consideração à parte. Na atividade revolucionária e dispersiva da política sul-americana, apisoada e revolta pelas gauchadas dos caudilhos, a nossa placidez, a nossa quietude, digamos de uma vez, o nosso marasmo, delatavam ao olhar inexperto do estrangeiro o progresso dos que ficam parados quando outros velozmente recuam. E, dada a complexidade étnica e o apenas esboçado de uma subraça onde ainda se caldeiam tantos sangues, aquela placabilidade e aquele marasmo recordavam-lhe na ordem social e política

Contrastes e confrontos

a imprescindível tranquilidade de ambiente, que, por vezes, se exige, na física para que se completem as cristalizações iniciadas...

Hoje, não. Sem aquele ponto de referência, a opinião geral desvaira; derranca-se em absurdos e em erros; estonteia num agitar sem sentido, de maravalhas inúteis; confunde-nos nas desordens tradicionais de caudilhagem; mistura os nossos quatorze anos de regime novo a mais de um século de pronunciamentos; e, como durante esta crise de crescimento, nos saltearam e salteiam desastres — que só podem ser atribuídos à República por quem atribua ao firmamento as tempestades que no-lo escondem — já não nos distingue nos mesmos conceitos. E que conceitos...

Deletreiem-se as revistas norte-americanas, para não citarmos outras, e veja-se o desabrido da palavra, o cruciante dos assertos e até o temerário de futuros planos de absorção, sempre que acontece tratar-se das sister republics, curioso eufemismo com que se designa vulgarmente o vasto e apetecido res nullius, desatado do Panamá ao cabo Horn.

Para os rígidos estadistas que não nos conhecem, e a quem justamente admiramos, as Repúblicas latinas — "as que se dizem Repúblicas" no dizer dolorosíssimo de James Bryce, patenteiam, impressionadoramente, o espetáculo assombroso de algumas sociedades que estão morrendo. Aplicando à vida super orgânica as conclusões positivas do transformismo, esta filosofia caracteristicamente saxônia, e exercitando crítica formidável a que não escapam os mínimos sintomas mórbidos de uma política agitada, expressa no triunfo das mediocridades e na preferência dos atributos inferiores, já de exagerado mando, já de subserviência revoltante, o que eles lobrigam nas gentes sul-americanas é uma seleção natural invertida: a sobrevivência dos menos aptos, a evolução retrógrada dos aleijões, a extinção em toda a linha das belas qualidades do caráter, transmudadas numa incompatibilidade à vida, e a vitória estrepitosa dos fracos sobre os fortes incompreendidos...

Imaginai o darwinismo pelo avesso aplicado à história...

Ora, precisamos anular estes conceitos lastimáveis, que às vezes nos marcam situações bem pouco lisonjeiras. Porque, ainda os há que excetuam o México disciplinado por Porfirio Díaz e enriquecido por José Ignez, embora abrangido de todo pela órbita comercial e industrial da Norte-América; e o Chile com a sua rígida estrutura aristocrática; e a Argentina, que poucos anos de paz vão transfigurando, sob o permanente influxo do grande espírito de Mitre — um homem que é o poder espiritual de um povo.

Nós ficamos alinhados com o Paraguai, convalescente; com a Bolívia, dilacerada pelos motins e pelas guerras; com a Colômbia e a abortícia republícola que há meses lhe saiu dos flancos; com o Uruguai, a esta hora abalado pelas cavalarias gaúchas, e com o Peru.

Não exageramos. Poderíamos fazer numerosas e até monótonas citações, recentes todas, espalhadas em livros e em revistas, onde se move esta extravagante e crudelíssima guerrilha de descrédito.

Aqui, um secretário de legação — poupemos o seu nome — que na North-American Review patenteia um adorável ciúme ante a expansão teutônica em Santa Catarina e bate alarmadamente a afinadíssima tecla dos princípios de Monroe; e demasia-se depois no excesso de zelo de denunciar a nossa apatia de filhos de uma terra onde é sempre de tarde — a land where it is always afternoon! — e a nossa miopia patriótica que não percebe em Von den Stein, em Hermann Meyer, em Landerberg os caixeiros sábios da Hansa, os batedores sem armas do germanismo; além, o pretenso sociólogo — deixemos também em paz o seu nome e o seu livro, que ambos não valem a escolta dos mais desarranjados adjetivos — que pontificando dogmaticamente, genialmente canhestro, acerca do imperfeito da instrução japonesa, aponta-a como inferior à das Repúblicas sul-americanas, "exceto o Paraguai e o Brasil", recusando-nos, nesta parceria, a mesma precedência alfabética...

Realmente, o que surpreende em tais artigos não é o extravagante das afirmativas; é faltar-lhes, subscrevendo-os, a assinatura de Marc Twain, o mestre encantador da risonha gravidade da ironia ianque.

***

Ora, esta campanha iminente com o Peru pode ser um magnífico combate contra essas guerrilhas extravagantes.

Fizemos tudo por evitá-la, sobrepondo à fraqueza belicosa da nação vizinha o generoso programa da nossa política exterior nos últimos tempos, tão elevada no sacrificar interesses transitórios aos intuitos mais dignos de seguirmos à frente das nações sul-americanas como os mais fortes, os mais liberais e os mais pacíficos. O recente Tratado de Petrópolis — resolvido há quarenta anos, quase pormenorizado por Tavares Bastos e Pimenta Bueno — todo ele resultado de uma inegável continuidade histórica — é o melhor atestado dessa antiga irradiação superior do nosso espírito, destruindo ou dispensando sempre o brilho e a fragilidade das espadas. Nada exprime melhor a nossa atitude desinteressada e originalíssima, de povo cavaleiro-andante, imaginando na América do Sul, robustecida pela fraternidade republicana, a garantia suprema e talvez única de toda a raça latina diante da concorrência formidável de outros povos.

Mas não a compreendeu nunca a opinião estrangeira, que um excesso de objetivismo leva à contemplação exclusiva do quadro material das nossas desditas, à análise despiedada de tudo quanto temos de mau, à indiferença sistemática por tudo quanto temos de bom: e interpretam-na talvez como um sintoma de fraqueza as próprias nações irmãs do continente.

Desiludamo-las.

Aceitemos tranquilamente a luta com que nos ameaçam, e que não podemos temer.

Não será o primeiro caso de uma guerra reconstrutora. Mesmo quando rematam aparentes desastres, estes conflitos vitais entre os povos, se os não impelem apenas os caprichos dinásticos ou diplomáticos, traduzem-se em grandes e inesperadas vantagens até para os vencidos. A França talvez não monopolizasse hoje as simpatias da Europa sem a catástrofe de 70, que fez a dolorosa glorificação do seu espírito e o ponto de partida de uma regeneração incomparável, toda esteada numa experiência duríssima. Entram muito na glória imortal de Gambetta os planos estratégicos de Moltke.

Tão certo é que as artificiosas combinações políticas, afeiçoadas ao egoísmo dos grupos, se despedaçam nos largos movimentos coletivos, que não abrangem. E nós, afinal, precisamos de uma forte arregimentação de vontades e de uma sólida convergência de esforços, para grandes transformações indispensáveis.

Se essa solidariedade sul-americana é um belíssimo ideal absolutamente irrealizável, com o efeito único de nos prender às desordens tradicionais de dois ou três povos irremediavelmente perdidos, pelo se incompatibilizarem às exigências severas do verdadeiro progresso — deixemo-la.

Sigamos — no nosso antigo e esplêndido isolamento — para o futuro; e, conscientes da nossa robustez, para a desafronta e para a defesa da Amazônia, onde a visão profética de Humboldt nos revelou o mais amplo cenário de toda a civilização da terra.

O ideal americano

*R*oosevelt é um estilista medíocre. A frase adelgaça-se-lhe no distendido de uns períodos oratórios, cheios de incidentes intermináveis e rematados pela simulcadência inaturável das mesmas ideias repisadas, volvidas e revolvidas sob todas as faces, com o sacrifício absoluto da forma à clareza, ou à exposição desatada em pormenores e minúcias exemplificadoras.

Não escreve, leciona. Não doutrina, demonstra. Não generaliza, não sintetiza e não se compraz com os aspectos brilhantes de uma teoria: analisa, disseca, induz friamente, ensina.

Mas isto sem o aprumo pretensioso de um lente que pontifica, senão com a modéstia fecunda de um adjunto que rediz, experimenta e mostra. É o grande repetidor da filosofia contemporânea. Nada diz de novo. Diz tudo de útil.

O seu último livro, o Ideal Americano, é uma sistematização de truísmos, para adotarmos o anglicismo indispensável às coisas sabidíssimas e claras. E no primeiro momento, deletreadas as primeiras páginas, imaginamo-nos às voltas com um excêntrico rival de Marc Twain, abalançando-se a ressuscitar velharias e a demonstrar axiomas. No entanto, a pouco e pouco ele nos domina e absorve. Há um encanto irresistível naquela rudeza de rough rider e de quaker; e o paladino rejuvenescido de coisas tão antigas — a energia, a honestidade e o bom senso — escrevendo sob a preocupação aparente dos destinos de seu país, vai, realmente, traçando todas as condições imprescindíveis à vida de todos os países.

Para nós, sobretudo, a sua leitura é imperiosa e urgente.

Copiamos, numa quase agitação reflexa, com o cérebro inerte, a Constituição norteamericana, arremetendo com as mais elementares noções do nosso tirocínio histórico e da nossa formação, violando do mesmo passo as nossas tradições e a nossa índole; é natural e obrigatório que lhe vejamos, a par da grandeza, os males, sobretudo quando eles entendem especialmente com a nossa situação presente e o nosso caráter nacional.

De fato, Roosevelt, ao delatar os "perigos excepcionais" que ameaçam a grande República, antepõe-lhes por vezes de relance, mas insistentemente, feito uma contraprova expressiva, o quadro da anarquia sul-americana; "rusguento grupo de Estados, premidos pelas revoluções, onde um único senão destaca mesmo como nação de segunda".

Deste modo, enquanto recuamos espavoridos imaginando o espantalho do perigo ianque, o estrênuo professor de energia põe, na frente da opinião ianque, o espantalho do perigo sul-americano. Temos medo daquela força; e, no entanto, ela é quem se assusta e foge apavorada da nossa fraqueza.

Ora, infelizmente para nós, a cobardia paradoxal do colosso é mais compreensível que a infantilidade dos nossos receios.

Folheiem-se ao acaso as primeiras folhas do Ideal Americano. Depara-se-nos para logo uma novidade: o homem tão representativo do absorvente utilitarismo e do triunfo industrial da América do Norte é um idealista, um sonhador, um poeta incomparável de virtudes heróicas.

Para ele, as garantias de sucesso da sua terra estão menos nos prodígios da atividade e no assombro de uma riqueza material sem-par, do que nas belíssimas tradições de honra, e eficiência, traduzidas na ordem política pelos nomes que se inserem entre os de Washington e Lincoln, e na ordem social pelo repontar ininterrupto dessas emoções generosas, que propelem

Contrastes e confrontos

aos verdadeiros estadistas e sem as quais as nações se transmudam "em trambolhos obstrutivos de alguns tratos da superfície terrestre". Não lhe bastam as virtudes da economia e do trabalho; superpõe-lhes a glorificação permanente da honra nacional, da coragem e da audácia, do altruísmo, da lealdade e das grandes tradições provindas das façanhas passadas, formando a capacidade crescente para as empresas maiores do futuro... Traçado este rumo, é inflexível. Caem-lhe sob o passo de carga de uma lógica inteiriça, confundidos, embolados e ruídos no mesmo esmagamento: — o político tortuoso e solerte que, malignado pelo oblíquo incurável da visão moral, faz da política um meio de existência e supre com a esperteza criminosa a superioridade de pensar; o doutrinador estéril que não transforma a vida numa força ativa e combatente; o indiferente que resmoneia, agressivo, contra a corrupção política ou administrativa, e não intervém num protesto vigoroso e alto, definido por atos decisivos; o jornalista que não exercita uma crítica intrépida dos homens e dos partidos, ou se desfaz em lisonjarias indecorosas... e, sobre todos eles, os que formam a platéia louvaminheira, não só para lhes explorar as ações como para lhas divinizar e aplaudir, garantindo-lhes no mesmo lance a impunidade dos crimes e a recompensa dos males perpetrados...

Ao lermos estas páginas impiedosas, pressentimos o dardo de uma alusão ferina. Ali está, latente, um comentário interlinear, de onde ressalta o pior da nossa desalentadora psicologia.

Mas prossigamos. Há identidades mais empolgantes. O impávido moralista repisa logo adiante uma outra novidade velha: firma de modo inflexível a necessidade de um largo americanismo, um forte sentimento nacional contraposto a um localismo deprimente e dispersivo. Combate às claras — numa lúcida compreensão, que não possuimos, do verdadeiro regime federal — o maligno espírito de paródia e esse estreito patriotismo de campanário provincial ou estadual, que subordina a nacionalidade ao bairrismo e retrata, em nosso tempo, o federalismo incoerente da antiguidade grega, das Repúblicas medievais da Itália, e dos retrógrados Estados da Alemanha antes de Bismarck.

Neste lance, aponta ainda uma vez os fatos "abjetos e sangrentos" da América do Sul. E tão desanimador se lhe afigura este vício do regime, que se apressa em lhe denunciar a quase extinção na América do Norte, graças a uma evolução inegável e positiva, porque significa, ali, a passagem de uma forma incoerente e dispersiva a uma forma mais coerente e definida, consoante o preceito elementar do maior pensador da sua raça.

Trata-se, como se vê, de um mal que lá está em plena decadência, próximo a extinguirse, mas que ainda atemoriza; ao passo que entre nós ele surge vigoroso, e se desenvolve e irradia para toda a banda, delineando umas fronteiras ridículas, ou ostentando irritantemente umas questões de limites inclassificáveis, e deixa-nos impassíveis...

Completa-o um outro.

Ao patriotismo diferenciado alia-se, pior, o cosmopolitismo — essa espécie de regime colonial do espírito que transforma o filho de um país num emigrado virtual, vivendo, estéril, no ambiente fictício de uma civilização de empréstimo. Mas não há explicar-se a insistência do escritor neste ponto. O americano do norte é um absorvente e um dominador de civilizações. Suplanta-as, transfigura-as, afeiçoa-as ao seu individualismo robusto e ao seu bom senso incomparável; americaniza-as.

Para nós, sim, é que parecem feitas aquelas páginas severas riçadas de repentinos e vivos golpes de ironia — porque entre nós é que se faz mister repetir longamente, e monotonamente mesmo, " que mais vale ser um original do que uma cópia, embora esta valha mais do que aquele", e que o ser brasileiro de primeira mão, simplesmente brasileiro, malgrado a modéstia do título, "vale cinquenta vezes mais do que ser a cópia de 2ª classe, ou servil oleografia, de um francês ou de um inglês".

Parafraseando, diríamos: os nossos melhores estadistas, guerreiros, pensadores e dominadores da terra, os que engenharam as melhores leis e as cumpriram, os homens de energia ativa e de coração, que definiram com mais brilho a nossa robustez e o nosso espírito — todos sentiram, pensaram e agiram principalmente como brasileiros; e destacam-se, como no passado, de todo destoantes da fisionomia moral de uma época onde o mesmo esboço de um irrequieto e frágil nativismo foi pedir à história do estrangeiro o próprio nome do batismo.

O Ideal Americano não é um livro para os Estados Unidos, é um livro para o Brasil.

Os nossos homens públicos devem — com diurna e noturna mão — versá-lo e decorar-lhe as linhas mais incisivas, como os arquitetos decoram as fórmulas empíricas da resistência dos materiais.

É um compêndio de virilidade social e de honra política incomparável. Traçou-o o homem que é o melhor discípulo de Hobbes e de Gumplovicz - um fanático da força, um tenaz propagandista do valor sob todos os aspectos, que vão da simples coragem física ao estoicismo mais complexo.

Daí a sua utilidade, não nos iludamos. Na pressão atual da vida contemporânea, a expansão irresistível das nacionalidades deriva-se, como a de todas as forças naturais, segundo as linhas de menor resistência. A absorção de Marrocos ou do Egito, ou de qualquer uma outra raça incompetente, é antes de tudo um fenômeno natural, e, diante dele, conforme insinua a ironia aterradora de Mahan, o falar-se no Direito é extravagância idêntica à de quem procura discutir ou indagar sobre a moralidade de um terremoto.

É o darwinismo rudemente aplicado à vida das nações.

Roosevelt compara de modo pinturesco essa concorrência formidável a um vasto e estupendo football on the green: o jogo deve ser claro, franco,

Contrastes e confrontos

enérgico e decisivo; nada de desvios, nada de tortuosidades, nada de receios, porque o triunfo é obrigatoriamente do lutador que hits the line hard! Aprendamos, enquanto é tempo, esta admirável lição de mestre.

Temores vãos

*N*uma quase mania coletiva de perseguição, andamos, por vezes, às arrancadas com alguns espectros: o perigo alemão e o perigo ianque. Nunca, em toda a nossa vida histórica, o terror do estrangeiro assumiu tão alarmante aspecto, ou abalou tão profundamente as almas. Estamos, neste ponto, como os romanos da decadência depois dos revezes de Varus: escutamos o rumor longínquo da invasão. Uma diferença apenas: Átila não ruge o stella cadit, tellus fremit!, descarregando-nos à cabeça o franquisque pesado, e sobre o chão as patas esterilizadoras do cavalo, é Guilherme II, um sonhador medieval desgarrado no industrialismo da Alemanha; e Genserico, a despeito da sua envergadura rija de cowboy dominador das pastagens, é Roosevelt, o grande professor da energia, o maior filósofo prático do século, o ríspido evangelista da vida intensa e proveitosa.

Não é o bárbaro que nos ameaça, é a civilização que nos apavora. Esta última consideração é expressiva. Mostra que os receios são vãos.

De fato, atentando-se para a maior destas ameaças, a da absorção ianque, põe-se de manifesto que o imperialismo nos últimos tempos dominante na política norte-americana não significa o fato material de uma conquista de territórios, ou a expansão geográfica à custa do esmagamento das nacionalidades fracas — senão, numa esfera superior, o triunfo das atividades, o curso irresistível de um movimento industrial incomparável, e a expansão naturalíssima de um país onde um individualismo esclarecido, suplantando a iniciativa oficial, sempre emperrada ou tardia, permitiu o desdobramento desafogado de todas as energias garantidas por um senso prático incomparável, por um largo sentimento da justiça e até por uma idealização maravilhosa dos mais elevados destinos da existência.

Esta vida prodigiosa alastra-se pela terra com a fatalidade irresistível de uma queda de potenciais. Mas não leva exclusivamente o vigor de uma indústria em busca de mercados, ou uma pletora de riquezas que impõe o desafogo de emigração forçada dos capitais senão também as mais belas conquistas morais do nosso tempo, em que a inviolabilidade dos direitos se ajusta cada vez mais ao respeito crescente da liberdade humana.

Sendo assim, é pelo menos singular que vejamos uma ameaça naquela civilização.

Singular e injustificável. Tomemos um exemplo recentíssimo.

Quando o almirante Dewey rematou em Manilha a campanha acelerada que em tão pouco tempo se alongara, num teatro de operações de 160° de longitude, da ilha de Cuba às extremas do Pacífico, a conquista das Filipinas pareceu a toda a gente uma intervenção desassombrada do ianque na partilha do continente asiático. Os melhores propagandistas de uma política liberal e respeitadora da autonomia de outros povos, os mesmos antiexpansionistas do North America, justificavam uma posse arduamente conseguida através de uma luta penosa e ferocíssima. Além disto, o arquipélago não decairia da situação anterior, permanecendo no sistema subalterno de colônia. Melhoraria com a troca das metrópoles; e as suas 114.000 milhas quadradas de terras fertilíssimas, onde se entranham as mais opulentas minas e pompeiam os primores de uma flora surpreendente, eram um novo palco que se abria às grandes maravilhas do trabalho. Realizava-se a profecia de J. Keill: a civilização, depois de contornar a terra, volvia ao berço fulgurante do Oriente, levando-lhe os tesouros de uma faina secular...

Deste modo, quando ao termo da campanha seguiu a primeira "comissão filipina" a manter entre os tagalos o prestígio americano, consolidar a paz e instituir a justiça, viu-se neste aparato pacífico o primeiro sintoma da absorção inevitável. E era falso.

Aquela conquista, fato consumado pelo triunfo militar, pela aquiescência de todas as nações, e pela submissão completa dos indígenas, sem nenhum empeço material que se lhe oponha, é, neste momento, duvidosa, problemática e talvez inexequível.

Não no-lo diz um sentimental; demonstra-o, friamente, num seco argumentar incisivo, o homem mais competente para isto — Gould Shurmann, precisamente o chefe daquela primeira comissão, e o intérprete mais veraz, senão único, dos intuitos da política nos Estados Unidos naquele caso.

A sua linguagem é franca; não segreda ou coleia. no abafamento e nas minúcias das informações oficiais; vibra às claras e alto numa revista — The Ethical Record, de março último, onde o assunto, a great national question, está sob as vistas de todo o mundo.

Ali se discutem os três destinos essenciais das Filipinas: a dependência colonial, a independência incompleta, a exemplo do que sucede em Cuba, ou a constituição de um território, prefigurando vindouro Estado confederado. E a conclusão é surpreendente, sobretudo para os que tanto armam olhos e ouvidos aos esgares truanescos e às versas extravagantes do jingoísmo ianque, tão desmoralizado na própria terra onde se agita: Gould Shurmann, embora ressalvando os interesses da sua terra, declara-se, com um desassombro raro, advogado da independência filipina. A seu parecer ela se impõe feito um corolário inflexível e insofismável de princípios e tradições políticas que a grande República não poderá negar ou iludir sem a renúncia indesculpável "da sua própria história e dos seus próprios ideais".

Convenhamos em que estes dizeres, dada a autoridade oficial de quem os emite, tornam bastante opinável o perigo ianque — a funambulesca Tarasca que tanto desafia por aí o ferretoar dos pontos de admiração das frases patrióticas.

Afinal, ele não existe; como, afinal, não existe o perigo germânico, inexplicável mesmo diante das nossas tentativas para que se ab-rogue completamente o rescrito de Von der Heydt, que proibiu a emigração germânica para o Brasil.

***

Concluímos que este pavor e este bracejar entre fantasmas são um simples reflexo subjetivo de fraqueza transitória; e que estes perigos — alemão, ianque ou italiano ou ainda outros rompentes ao calor das fantasias, e que se nos figuram estranhos — são claros sintomas de um perigo maior, do perigo real e único que está todo dentro das nossas fronteiras e irrompe numa alucinação da nossa própria vida nacional: o perigo brasileiro.

Este, sim; aí está e se desvenda ao mais incurioso olhar sob infinitos aspectos.

Mas não os consideraremos.

Seria uma tarefa crudelíssima.

Teríamos de contemplar, na ordem superior dos nossos destinos, o domínio impertinente da velha tolice metafísica, consistindo em esperarmos tudo das artificiosas e estéreis combinações políticas, olvidando que, ao revés de causas, elas são meros efeitos dos estados sociais e dos desastrosos resultados de um código orgânico, que não é a sistematização das condições naturais do nosso progresso, mas uma cópia apressadíssima, onde prepondera um federalismo incompreendido, que é o rompimento da solidariedade nacional.

Nos recessos mais íntimos da nossa vida, veríamos desdobrar-se um pecaminoso amor da novidade, que se demasia ao olvido das nossas tradições; o afrouxamento em toda a linha da fiscalização moral de uma opinião pública que se desorganiza dia a dia, e cada dia se torna mais inapta a conter e corrigir aos que a afrontam, que a escandalizam, e que triunfam; uma situação econômica inexplicavelmente abatida e tombada sobre as maiores e mais fecundas riquezas naturais; e por toda a parte os desfalecimentos das antigas virtudes do trabalho e perseverança que já foram, e ainda o serão, as melhores garantias do nosso destino.

Concluiríamos que os temores são vãos.

Mesmo no balancear com segurança os únicos perigos reais que nos assoberbam, não se distinguiriam males insanáveis — mas a crise transitória da adaptação repentina a um sistema de governo, que, mais do que qualquer outro, requer, imperativamente, o influxo ininterrupto e tonificante da moral sobre a política. Por isso mesmo ele nos salvará.

Firmar-se-á, inevitavelmente, uma harmonia salvadora entre os belos atributos da nossa raça e as fórmulas superiores da República, empanados num eclipse momentâneo; e desta mútua reação, deste equilíbrio dinâmico de sentimentos e de princípios, repontarão do mesmo passo as regenerações de um povo e de um regime.

Veremos então, melhor, todo o infundado de receios ou de imaginosas conquistas, que são até uma calúnia e uma condenável afronta a nacionalidades que hoje nos assombram, porque progridem, e que nos ameaçam pelo motivo único de avançarem triunfante e civilizadoramente para o futuro.

A esfinge

(De um Diário da Revolta)
8 de fevereiro de 1894

*D*eterminação inesperada destacou-me para erigir uma fortificação ligeira ao lado do edifício das Docas Nacionais.

Ainda bem. Deixei, afinal, aquele tristonho morro da Saúde, que há dois meses retalho, e mino, e terrapleno, rasgando-lhe em degraus as encostas, taludando-o e artilhando-o, numa azáfama guerreira de que sou o primeiro a me surpreender.

Lucro com a mudança. É uma variante ao menos. Livra-me do quadro demasiado visto daquele recanto comercial que a Revolta paralisou — circulado de trapiches desertos, atulhado pelo ciscalho bruto da ferragem velha da Mortona, e banhado pelas águas mortas de uma reentrância da baía, onde bóiam, apodrecendo, velhos pontões desmastreados e inúteis.

Dei, por isto, para logo, rápidas ordens de partida, e os sapadores abalaram, em turmas — incorretos pelotões armados de picaretas e enxadas.

Acompanhei-os; e não esqueci um adorável companheiro e mestre, Thomas Carlyle, em cujas páginas nobremente revolucionárias me penitencio do uso desta espada inútil, deste heroísmo à força e desta engenharia mal-estreada...

Cheguei, em pouco, ao local indicado, encontrando novos trabalhadores. Um apontador da diretoria de obras militares, armado de ordem terminante do comandante da linha, e seguido de meia dúzia de praças, já havia percorrido as tavernas e vivendas pobres das cercanias, à cata de operários como quem busca criminosos. Avezado àquelas caçadas, não se demorara. Em breve, algumas dezenas de estivadores, de várias nacionalidades — patriotas sob a sugestão irresistível dos rifles desembainhados e pranchadas iminentes — reforçaram as turmas desfalcadas.

Havia braços de sobra. Podia-se abordar a empresa da construção de mais uma Humaitá de sacos de areia, idêntica às que vêm hoje, debruando todo o litoral, desde o Flamengo à Gamboa.

A que se projetava, porém, requeria avantajadas proporções. Destinava-se a um Withworth 70, desentranhado da Armação (onde jazia desde a Questão Christie) e vindo por terra, em longo rodeio, até aqui.

Pesado e desgracioso, alongando por sobre o reparo sólido, à maneira de um animal fantástico, o pescoço denegrido e áspero, ele parecia aguardar, ao lado, que lhe preparassem o estrado onde pudesse ser conteirado à vontade, rugindo, temeroso, sobre a rebeldia impenitente...

É o que sucederia, talvez, dentro de poucas horas.

Surdo boato, dos que por aí irrompem e se alastram, sem que se saiba de onde partem, lançara nas fileiras legais, comovidas, a nova de próximo desembarque — toda a maruja revoltosa em terra, desencadeada em lances de desespero e audácia.

Urgia por mãos à tarefa. Certo não desfaleceria da minha banda a defesa da Legalidade — belo eufemismo destes tempos sem leis.

Foi atacado o trabalho. Cento e tantos homens, agitantes sobre as ordens ríspidas, arcados sob os sacos cheios de areia ou arrastando-os, arrumando-os, superpostos, como grandes adobes de um muramento ciclópico, bracejavam durante o dia todo...

De sorte que ao chegar a noite, brusca e varada de chuvisqueiros intermitentes e frios, pude contemplar o meu prodígio de baluarte chinês: uma duna ensacada, erguida em poucas horas sobre a crista do cais, dominante e desafiando assaltos.

Protegidos por ela, e apagados, para maior resguardo, os lampiões de gás, da vizinhança, os carpinteiros principiaram a ajeitar os pranchões aparelhados, madeirando a plataforma.

Era a fase mais perigosa da empresa. Aquela agitação, que se realizara até ali sem ruídos, ia transmudar-se, pela ação estrepitosa dos martelos, precisamente na hora das surpresas, das repentinas visitas das torpedeiras traidoras.

Sustive-a, por isto, um momento, indeciso.

Considerei em torno...

Aquele trecho da Prainha, espécie de White Chapel em miniatura, enredado de bitesgas tortuosas e estreitas, onde moureja população ativa, parecia abandonado. Nem uma voz.

Nem uma luz.

Em frente, no mar, inteiramente calmo, avultavam, mal percebidos, os navios de guerra estrangeiros, destacando-se melhor os couraçados brancos da esquadra americana. Ao fundo, um cordão de pontos luminosos — Niterói. Adivinhavam-se ainda uns perfis de ilhas, as da Conceição e Mocanguê, vagos, numa difusão de sombras; e a silhueta apagada do Tamandaré junto à última, imóvel, calada a artilharia formidável, mudo na solidão das águas... Depois, para a direita, algumas lanternas bruxuleantes, asfixiadas nas brumas: a do Forte de Gragoatá, a de Santa Cruz, mais longe, e a da Fortaleza da Laje, intermitindo em cintilações longínquas, chofradas pelas ventanias ríspidas da barra.

Nada mais na tela obscurecida...

O cenário quadrava bem a um episódio habitual e dramático, que embora diuturnamente reproduzido não perde o traço emocionante e bárbaro.

Atravessando em silêncio a baía, o Vulcano, a Luci ou qualquer outro sócio de catástrofes — caldeiras surdas, fogos abafados, avançando em deslizamentos velozes — abeira-se do litoral. Não o percebem as sentinelas, vigilantes no alto dos parapeitos...

De repente, arrebenta-lhes adiante, nas águas, a explosão de uma cratera. Desencadeia-se o alarma. Correm os soldados surpreendidos. Baqueiam alguns, baleados. A maioria alinhase nas trincheiras, carabinas estendidas sobre o plano de fogo. Deflagram na treva os fulgores das descargas. Espingardeia-se por cinco minutos, o vácuo... e reinam de novo o silêncio e as sombras, enquanto o rebocador atacante, banhado nos últimos clarões do tiroteio, se afasta como uma salamandra enorme, intangível, engolfando-se na noite...

Ora, o trabalho a iniciar-se ia atrair, sem dúvida, um desses recontros rápidos e ferozes.

Era, porém, improrrogável.

Um carpinteiro arriscou a primeira pancada, medrosa, vacilando. Depois outra, mais firme — um estalo dilacerador na mudez absoluta. Sucederam-se outras; e em breve, sem cadência, sacudidos pelos punhos trêmulos, vibrando na psicose convulsiva do medo mal refreado, estrepitavam os martelos sobre as tábuas...

Tirei o relógio. Uma hora da madrugada. Ia acordar o Rio de Janeiro todo com aquele despertador estranho que desandava, de chofre, à sua cabeceira.

Alguém, porém, fê-lo parar. As marteladas chegaram, alarmantes, ao escritório do Lloyd, onde aquartelava o comandante da linha, e este veio em pessoa interrompê-las.

O bravo coronel — orgulho do Piauí — chegou dentro do seu dólmã vistoso e do estadomaior alarmado. Traía no afogo da respiração a caminhada feita e a emoção sagrada dos perigos. Ponderou a inconveniência daquela matinada heróica àquelas horas. Proibiu-a. E voltou marcialmente, seguido do estado-maior brilhante num grande estrépito de espadas novas, batendo nas calçadas.

A medida era, afinal, prudente. Evitava que os revoltosos viessem, por sua vez, inquirir de tal ruído, com as habituais arrancadas e sacrifícios inúteis de inofensivos operários.

Suspensa a tarefa, estes se amontoaram por perto, abrigados pelo beiral saído de velho armazém acaçapado, mudos, tiritando sobre a calçada resvaladia e úmida.

E o silêncio desceu de novo, deixando distinguir-se, ao longe, o crepitar do tiroteio escasso duma sortida qualquer insignificante, como tantas outras que se fazem todos os dias, pela tendência destruidora apenas, avultando, somadas, na crônica sombria da Revolta...

Atravessando, como dardos, a noite, os feixes de luz do refletor elétrico do morro da Glória destacavam-se no espaço, divergentes e longos, fazendo surgir no giro amplíssimo — de súbito aclarados e logo desaparecendo —, além os navios de guerra numa passividade traidora; mais à frente Niterói, adormecida; a Armação, sinistra e deserta; e todas as angras, todas as angusturas, todas as ilhas, uma por uma, repontando e extinguindo-se, no volver da paisagem móvel e fantástica; distendendo, a súbitas, num coruscar repentino de areias claras, a fita de uma praia remota; resvalando, logo depois, devagar, pelos pendores dos cerros; estirando-se, por fim, em distensão máxima, até Magé, ao fundo da baía. E dali voltando, lentos, perquirindo, na marcha fulgurante, um por um, todos os pontos fortificados; demorando-se um instante sobre a ilha das Cobras, e mostrando uma visão de acrópole, meio derruída, naquela ponta de granito arremessada fora das ondas; deixando-a, e pondo uma nesga de luar errante sobre o convés revolto da Guanabara; deslizando dali para o costado arrombado da Trajano; e passando a outros pontos, banhando-os um a um no fulgor tranquilo e forte — feito um olhar olímpico da lei, insistente e fixo, sobre os combatentes...

Admirável quadro. Curvei-me sobre a canhoneira recém-construída. Contemplei-o e dei largas à fantasia caprichosa.

Imaginei-me, então, obscuríssimo comparsa numa dessas tragédias da antiguidade clássica, de um realismo estupendo, com os seus palcos desmedidos, sem telão e sem coberturas, com os seus bastidores de verdadeiras montanhas em que se despenhavam os heróis de Ésquilo, ou o proscênio de um braço de mar, onde uma platéia de cem mil espectadores pudesse contemplar, singrantes, as frotas dos fenícios.

A ilusão é completa.

Vai para quatro meses que não fazemos outra coisa senão representar um drama da nossa história, de desenlace imprevisto e peripécias que dia a dia se complicam, neste raro cenário que nos rodeia.

A civilização, espectadora incorruptível, observa-nos, dentro de camarotes cautelosamente blindados: a França, na Arethuse veloz; a Inglaterra, entre as amuradas da Beagle veleira, cujos passeios diários fora da barra dão tanto que pensar; e a Alemanha, e os Estados Unidos, e o próprio Portugal sobre o convés pequeno da Mindello...

Aplaudem-nos?

É duvidoso. Representamos desastradamente. Baralhamos os papéis da peça que deriva num jogar de antíteses infelizes, entre senadores armados até aos dentes, brigando como soldados, e militares platônicos bradando pela paz — diante de uma legalidade que vence pela suspensão das leis e uma Constituição que estrangulam abraços demasiado apertados dos que a adoram.

Daí, as antinomias que aparecem. Neste enredo de Eurípedes, há um contra-regra — Sardou. Os heróis desmandam-se em bufonerias trágicas. Morrem, alguns, com um cômico terrível nesta epopéia pelo avesso. Sublimam-se e acalcanham-se. Se há por aí Aquiles, não é difícil descobrir-lhe no frêmito da voz imperativa e casquinada hílar de Trimalcião.

E a Esfinge...

Mas interrompi este desfiar de conjecturas.

Aproximavam-se dois vultos. Nada tinham de alarmante, porque a guarda, velando à entrada da rua, lhes permitira a passagem. Vinham à paisana. Chegaram até à borda da plataforma, onde uma lanterna clareava o estrado num raio de dois metros; e pararam.

Aproximei-me, saudando-os.

Um (reformado do Paraguai que a República retirou de um cartório de tabelião para o fazer senador e general), com aprumo varonil a despeito da idade, correspondeu-me britanicamente, corretíssimo e firme. O outro, murchou-lhe a mão num cumprimento frio...

À meia penumbra da claridade em bruxuleios, lobriguei um rosto imóvel, rígido e embaciado, de bronze; o olhar sem brilho e fixo, coando serenidade tremenda, e a boca ligeiramente refegada num ríctus indefinível — um busto de duende em relevo na imprimadura da noite, e diluindo-se no escuro feito a visão de um pesadelo.

Reconheci-o e emudeci, respeitando-lhe o incógnito.

Vi-o logo depois abeirar-se da trincheira; e debruçar-se sobre o plano de fogo, e ali ficar meio minuto, pensativo, a vista cravada entre a afumadura das brumas, na outra banda da baía.

— Estão tranquilos... murmurou.

Fez um gesto breve, despedindo-se, e seguiu acompanhado do companheiro desempenado e vivo, desaparecendo ambos a breve trecho — duas silhuetas agitando-se um momento, ao longe, ao brilho escasso de um lampião distante e embebendo-se depois, inteiramente, na noite.

Curvei-me, então, de novo, sobre a canhoneira recém-construída e reatei o meu sonhar acordado no ponto em que o interrompera: ... e a Esfinge, quebrando a imobilidade da pedra, veste um paletó burguês e vem — desconfiadamente confiante — rondar os lutadores...

Contrastes e confrontos

Fazedores de desertos

_É_ natural que todos os dias chegue do interior um telegrama alarmante denunciando o recrudescer do verão bravio que se aproxima. Sem mais o antigo ritmo, tão propício às culturas, o clima de São Paulo vai mudando.

Não o conhecem mais os velhos sertanejos afeiçoados à passada harmonia de uma natureza exuberante, derivando na intercadência firme das estações, de modo a permitirlhes fáceis previsões sobre o tempo.

As suas regras ingênuas enfeixadas em alguns ditados que tinham, às vezes, rigorismos de leis, falham-lhes, hoje, em toda a linha: passam-lhes, estéreis, as luas novas trovejadas; diluem-se-lhes como fumaradas secas as nuvens que ao entardecer abarreiram os horizontes; varrem-lhes as ventanias súbitas a poeira líquida das neblinas que se adensam de manhã, pelo topo dos outeiros; e, em plena primavera, agora, sob o alastramento das soalheiras fortes, o aspecto de suas plantações, esfolhadas e esfloradas, principia a ser desanimador, revelando, antes do estio franco, esse perigo máximo à vida vegetativa, que, nos países quentes, estão no desequilíbrio entre a evaporação intensa pelas folhas e a absorção escassa, e cada vez menor, pelas raízes.

Toda a vegetação estiva; e esgota-se, desfalecida, precisamente na quadra em que as primeiras chuvas e as primeiras descargas elétricas, já lhe deviam ter, do mesmo passo, dissolvido os princípios nutritivos do solo e desdobrado, na mais interessante das reações, os que se disseminam profusamente pelos ares.

Ao invés disto, exaurida dos sóis, cerra o ciclo vital: morrem-lhe improdutivas as primeiras flores; extingue-se-lhe a função assimiladora dos tecidos superficiais, exsicados; e a poeira, que lhe entope os estomas e reveste as folhas, asfixia-a e enfraquece-lhe a reação tonificante da luz.

Daí o quadro lastimável descortinado pelos que se aventuram, nestes dias, a uma viagem no interior — varando a monotonia dos campos mal debruados de estreitas faixas de matas, ou pelos carreadores longos dos cafezais requeimados, desatando-se indefinidos para todos os rumos — miríades de esgalhos estonados, quase sem folhas ou em varas, dando em certos trechos, às paisagens, um tom pardacento e uniforme, de estepe...

Mas é natural o fenômeno. Nem é admissível que ante ele se surpreendam os nossos lavradores, primeiras vítimas dessa anomalia climática.

Porque há longos anos, com persistência que nos faltou para outros empreendimentos, nós mesmos a criamos.

Temos sido um agente geológico nefasto, e um elemento de antagonismo terrivelmente bárbaro da própria natureza que nos rodeia.
É o que nos revela a história.
Foi a princípio um mau ensinamento do aborígene. Na agricultura do selvagem era instrumento preeminente o fogo. Entalhadas as árvores pelos cortantes digis de diorito, e encoivarados os ramos, alastravam-lhes por cima as caitaras crepitantes e devastadoras.
Inscreviam, depois, em cercas de troncos carbonizados a área em cinzas onde fora a mata vicejante; e cultivavam-na. Renovavam o mesmo processo na estação seguinte, até que, exaurida, aquela mancha de terra fosse abandonada em caapuera, jazendo dali por diante para todos sempre estéril, porque as famílias vegetais, renovadas no terreno calcinado, eram sempre de tipos arbustivos, diversas das da selva primitiva.
O selvagem prosseguia abrindo novas roças, novas derribadas, novas queimas e novos círculos de estragos; novas capoeiras maninhas, vegetando tolhiças, inaptas para reagir contra os elementos, agravando cada vez mais os rigores do próprio clima que as flagelava — e entretecidas de carrascais, afogadas em macegas, espelhando, aqui, o facies adoentado da caatanduva sinistra, além a braveza convulsiva das caatingas.
Veio depois o colonizador e copiou o processo. Agravou-o ainda com se aliar ao sertanista ganancioso e bravo, em busca do silvícola e do ouro.
Afogado nos recessos de uma flora que lhe abreviava as vistas e sombreava as tocaias do tapuia, dilacerou-a, golpeando-a de chamas, para desvendar os horizontes e destacar, bem perceptíveis, tufando nos descampados limpos, as montanhas que o norteavam balizando a rota das bandeiras.
Atacaram a terra nas explorações mineiras a céu aberto; esterilizaram-na com o lastro das grupiaras; retalharam-na a pontaços de alvião; degradaram-na com as torrentes revoltas; e deixaram, ao cabo, aqui, ali, por toda a banda, para sempre áridas, avermelhando nos ermos com o vivo colorido da argila revolvida, as catas vazias e tristonhas com o seu aspecto sugestivo de grandes cidades em ruínas...
Ora, tais selvatiquezas atravessaram toda a nossa história.
Mais violentas no Norte, onde se firmou o regime pastoril nos sertões abusivamente sesmados, e desbravados a fogo — incêndios que duravam meses derramando-se pelas chapadas em fora — ali contribuíram para que se estabelecesse, em grandes tratos, o regime desértico e a fatalidade das secas.
O Sul subtraiu-se em parte à faina destruidora, que o próprio governo da metrópole, em sucessivas cartas régias, procurou refrear, criando mesmo juízes conservadores das matas que impedissem a devastação.
O mesmo sistema de culturas largamente extensivas, porém, e as lavouras parasitárias arrancando todos os princípios vitais da terra sem lhe restituir um único, foram, a pouco e pouco, remodelando-lhe as paragens mais férteis, transmudando-as e amaninhando-as.

Contrastes e confrontos

Não precisamos acompanhar em todas as fases esse aspecto infeliz da nossa atividade.

Notemos apenas que pouco a alteraram as belas criações da indústria moderna ou progressos rápidos da biologia e da química, fornecendo-nos todos os recursos para que se multipliquem as energias do solo. Deixamo-los, de um modo geral, de parte. Persistimos na tendência primitiva e bárbara, plantando e talando. E prolongamos ao nosso tempo esse longo traço demolidor, que vimos no passado. Demos-lhe mesmo novas feições, consoante novas exigências.

É o que observa quem segue, hoje, pelas estradas do oeste paulista. Depara, de momento em momento, perlongando as linhas férreas, com desmedidas rumas de madeira em achas ou em toros, aglomeradas em volumes consideráveis de centenares de esteres, e progredindo, intervaladas, desde Jundiaí ao extremo de todos os ramais.

São o combustível único das locomotivas. Iludimos a crise financeira e o preço alto do carvão-de-pedra atacando em cheio a economia da terra, e diluindo cada dia no fumo das caldeiras alguns hectares da nossa flora.

Deste modo — reincidentes no erro — à inconveniência provada das lavouras ultraextensivas e ao cautério vivo das queimas, aditamos o desnudamento rápido das derribadas em grande escala.

***

As consequências repontam, naturais.

A temperatura altera-se, agravada nesse expandir-se de áreas de insolação cada vez maiores pelo poder absorvente dos nossos terrenos desnudados, cuja ardência se transmite por contacto aos ares, e determina dois resultados inevitáveis: a pressão que diminui tendendo para um mínimo capaz de perturbar o curso regular dos ventos, desorientando-os pelos quatro rumos do quadrante, e a umidade relativa que decresce, tornando cada vez mais problemáticas as precipitações aquosas.

De sorte que o sueste — regulador essencial do nosso clima — depois de transmontar a serra do Mar, onde precipita grande cópia de vapores, ao estirar-se pelo planalto, vai encontrando atmosfera mais quente do que dantes, cujo efeito é aumentar-lhe a capacidade higrométrica, diminuindo na mesma relação as probabilidades de chuvas.

São fatos positivos, irrefregáveis, e bastam para que se explique a alteração de um clima.

Mas apontemos um outro.

Neste entrelaçamento de fatores climáticos, introduzimos um - artificial e de todo fora das indagações meteorológicas normais — a queimada.

É transitória, mas engravesce os perigos.

De feito, a irradiação noturna contrabate a insolação: a terra devolve aos céus o excesso de calor acumulado; resfria; e o orvalho decorrente ilude de algum modo a carência das chuvas.

89

Ora, as queimadas impedem esse derivativo único.

As colunas de fumo, rompentes de vários lugares, a um tempo, adensam-se no espaço e interceptam a descarga do solo. Desaparece o sol e o termômetro permanece imóvel ou, de preferência, sobe. A noite sobrevém em fogo; a terra irradia como um sol obscuro, porque se sente uma impressão estranha de faúlhas invisíveis, mas toda a ardência reflui sobre ela recambiada pelo anteparo espesso da fumaça; e mal se respira no bochorno inaturável em que toda a adustão golfada pelas soalheiras e pelos incêndios se concentra numa hora única da noite...

***

Traçamos estas linhas numa dessas noites, certo desconhecidas pelos nossos patrícios de há cem anos.

Então a energia solar, descendo, armazenava-se nos ares, criando o influxo moderador de uma atmosfera benigna, e se transformava em trabalho no seio das grandes matas, impulsionando a dinâmica maravilhosa das células.

Esse tempo passou.

Hoje, Thomas Buckle não entenderia as páginas que escreveu sobre uma natureza que acreditou incomparável no estadear uma dissipação de forças, wantonness of power, com esplendor sem-par.

Porque o homem, a quem o romântico historiador negou um lugar no meio de tantas grandezas, não as corrige, nem as domina nobremente, nem as encadeia num esforço consciente e sério.

Extingue-as.

Entre as ruínas

Quem saltar em quaisquer das estações da Central no trecho paulista, a partir de Cachoeira, entra quase de improviso em lugares que lhe não recordam mais as bordas pinturescas do Paraíba.

A terra, uma terra antiga cortada pela estrada real três vezes secular que ia do Rio a São Paulo, vai tornando-se cada vez mais desabrigada e pobre. Tumultuando em colinas desnudas, de flancos entorroados; afundando em pequenos vales sem encantos, onde se rebalsam pauis frechados de tábuas; desatando-se, planas, arenosas e limpas — nada mais revela da opulência incomparável que por três séculos, da expedição de Glimmer aos dias da Independência, fez do vale do grande rio, alteado num socalco de cordilheiras e recamado de matas exuberando floração ridente, o cenário predileto da nossa história. E por mais incurioso que seja o viajante, ao romper aquelas veredas em torcicolos, vai sendo invadido pela tristeza daqueles ermos desolados. E, deparando de momento em momento as cruzes sucessivas que a espaços aparecem às margens do caminho, tem a impressão de calcar um antigo chão de batalhas esterilizado e revolto pela marcha dos exércitos.

É uma sugestão empolgante.

Ressaltam, a cada passo, expressivos traços de grandezas decaídas.

Os morros escalvados, por onde trepa teimosamente uma flora tolhiça de cafezais de oitenta anos, ralos e ressequidos, mas revelando os alinhamentos primitivos; cintados ainda pela faixa pardo-avermelhada dos carreadores tortuosos, por onde subiam, outrora, as turmas dos escravos; tendo ainda pelos topos, à ourela dos velhos valos divisórios, extensos renques de bambuzais; e ao viés das encostas, salteadamente, branqueando nas macegas, as vivendas humildes por ali esparsas, a esmo, dão quase um traço bíblico às paisagens. Sem mais a vestidura protetora das matas, destruídas na faina brutal das derribadas, desagregam-se, escoriadas dos enxurros, solapadas pelas torrentes, tombando aos pedaços nas "corridas da terra" depois das chuvas torrenciais, e expõem agora, nos barrancos a prumo, em acervos de blocos, a rígida ossamenta de pedra desvendada, ou alevantam-se despidas e estéreis, revestidas de restolhos pardos, no horizonte monótono, que abreviam entre as encostas íngremes...

Os caminhos tornejam-nos, galgam-nos, vingam-nos, descem-nos. Mas os quadros não se animam.

Sucedem-se choupanas pobres, em ruínas umas — tetos de sapé caídos sobre montes de terras e paus roliços —; habitadas, outras, centralizando exíguas roças maltratadas, à beira dos córregos apaulados, onde os lírios selvagens derramam, no perfume insidioso, o filtro das maleitas. As estradas são ermas. De longe em longe um caminhante. Mas é também um decaído.

Não é daqueles caboclos rijos e mateiros, que abriram neste vale as picadas atrevidas das "bandeiras". O caipira desfibrado, sem o desempeno dos titãs bronzeados que lhe formam a linha obscura e heróica, saúda-nos com uma humildade revoltante, esboçando o momo de um sorriso, deplorável, e deixa-nos mais apreensivos, como se víssemos uma ruína maior por cima daquela enorme ruinaria da terra.

Seguimos.

Em vários trechos cerradões trançados, guardando ainda no afogado das embaúbas e dos tabocais alguns raros pés de café de remotas culturas em abandono, desdobram-se inextricáveis na lenta reconquista do solo, num ressurgimento da floresta primitiva.

A estrada vara-os entre espinheirais e barrancos, tendo, não raro, ladeando-a longo tempo, extensos lanços desmoronados de velhos muros de taipa dos sítios florescentes noutro tempo.

Destes, alguns permanecem ainda animados. Mas sem a azáfama antiga, sem o mourejar febril das colheitas fartas, sem os rechinos festivos dos engenhos, sem o bulício álacre e estonteador das moendas ruidosas, nos velhos tempos, quando por aquelas encostas ondulavam e subiam lentamente a melopeia das cantigas africanas — dezenas de dorsos luzidios rebrilhando ao sol - os cordões desenvolvidos dos eitos.

Os demais, num decair contínuo, mal avultam nos terreiros desertos. Vão sendo, lento e lento, afogados na constrição do matagal que se lhes aperta em roda e cobre-lhes as plantações, e invade-lhes as pastagens, até atingi-los e suplantá-los, penetrando-os pelas portas e janelas; enraizando-se nas suas paredes de barro e disjungindo-lhas e derribandolhas à maneira de uma reação formidável e surda da natureza contra os que outrora, ali, aplicaram no seu seio, torturando-a, o cáustico fulgurante das queimadas.

Outros ainda surgem, de improviso, no bolear dos cerros, à meia encosta dos pendores, com a imagem perfeita de uns desgraciosos castelos, sem barbacãs e sem torres, gizados por essa arquitetura terrivelmente chata em que se esmeravam os nossos avós de há dois séculos.

Entretanto, malgrado o deprimido das linhas, essas vivendas quadrangulares e amplas, sobranceando as senzalas abatidas, os moinhos estruídos, os casebres de "agregados", e alteando de chapa para a estrada os altos muramentos de pedra, que lhes sustentam os planos unidos dos terreiros, conservam o antigo aspecto senhoril.

Contrastes e confrontos

Mas jazem para todo o sempre vazias, até que as destrua o absoluto abandono. Porque o caipira crendeiro, por menos célere que siga e por mais que o fustiguem os aguaceiros e os ventos, não pára às suas portas.

Segue, desabaladamente, sem desfitar as esporas dos flancos do cavalo, fazendo o "pelosinal", e fugindo...

Nem um olhar para a vivenda sinistra e mal-assombrada, onde imagina coisas pavorosas: constante pervagar de sombras; choros plangentes; ulular golpeante de espectros merencórios; aparições macabras; longos arrastamentos de correntes; e adoidados sabbaths das almas vagabundas; e cabeças, e pernas, e braços, que despencam dos tetos e rompem das paredes, fundindo-se, improvisadamente, em demônios horrorosos...

E quem, curioso e incrédulo, as procura, justifica-lhes os temores.

Aproxima-se do largo portão desquiciado, de umbrais vacilantes, ou pensos; desapeia e avança pelos terreiros de pedra, arruinados; galga a velha escadaria, pulando sobre os degraus que faltam; e estaca no patamar, em cima, diante da porta, escancarada, da entrada, abrindo para o amplo salão deserto. Penetra-o.

Contempla, de relance, as molduras esborcinadas das paredes, e o teto onde adivinha resquícios de frisos dourados na cimalha de estuque. Enfia pelo longo corredor afogado no bafio angulhento do ambiente imóvel, para o qual se abrem as portas de outros repartimentos desertos, onde chiam e revoam desequilibradamente centenas de morcegos tontos. Chega à sala de jantar, deserta...

E naquela quietude sinistra, se não o amedrontam os ecos dos próprios passos, longos, reboantes, morrendo vagarosamente na habitação vazia, comove-o, irresistível, a visão retrospectiva dos belos tempos em que a vivenda senhoril pompeava triunfalmente no centro dos cafezais floridos.

Então era o tropear ruidoso das cavalgadas que chegavam; e a longa escadaria onde rolavam saudações joviais, risos felizes, subidas e descidas tumultuárias entre os estrépitos argentinos das esporas; e o vasto salão referto de convivas; e a velha sala ornada para os banquetes ricos; e à noite as janelas resplandecendo, abertas para a escuridão e para o silêncio, golfando claridades e a cadência das danças, enquanto fora, no terreiro limpo, ao brilho das fogueiras, turbilhonava o samba dos cativos ao toar, melancólico e bruto, dos caxambus monótonos.

É um contraste comovente.

O viajante deixa a vivenda malsinada com uma emoção maior que a dos roceiros vai como quem foge. Rompe por um matagal bravio, onde adivinha os restos de um jardim, ou de um pomar; volve ao terreiro orlado de senzalas que desabam; transpõe o portão encombente; galga o cavalo e parte, disparando-o...

Não voltará mais: segue pelos caminhos em torcicolos, torneja outros morros escalvados; atravessa outras fazendas antigas, divisa outras vivendas desertas; depara outros caminhantes taciturnos; e ao encontrar, de momento a momento, intermináveis, como se andasse pelas avenidas de um velhíssimo cemitério — as mesmas "santas-cruzes" à orla dos caminhos, sente-se, sem o querer, invadido pelas crenças ingênuas dos caipiras.

Justifica-as, ao menos, como se, de fato, por ali vagassem, na calada dos ermos, todas as sombras de um povo que morreu, errantes, sobre uma natureza em ruínas.

Contrastes e confrontos

Nativismo provisório

O nosso antilocalismo frisa pela parcialidade. Não há aplausos que nos bastem aos forasteiros disciplinados que nos últimos tempos transfiguraram as nossas culturas e se vincularam aos nossos destinos, nobilitando o trabalho e facilitando a maior reforma social do nosso tempo.

Somos adversários do nativismo sentimental e irritante, que é um erro, uma fraqueza e uma velharia contraposta ao espírito liberal da política contemporânea. A este pseudopatriotismo, para o qual Spencer, na sua velhice melancólica e desiludida, criou a palavra "diabolismo", deve antepor-se um lúcido nacionalismo, em que o mínimo desquerer ao estrangeiro, que nos estende a sua mão experimentada, se harmonize com os máximos resguardos pela conservação dos atributos essenciais da nossa raça e dos traços definidores da nossa gens complexa, tão vacilantes, ou rarescentes na instabilidade de uma formação etnológica não ultimada e longa. E ainda quando nos turbasse um esmaniado jacobinismo, todo ele ruiria ao defrontar o quadro da imigração do Brasil: homens de outros climas que aqui se nacionalizam consorciados com a terra pelos vínculos fecundos das culturas.

Mesmo sob o aspecto estritamente econômico, pensamos como Louis Couty — este belo espírito a um tempo imaginoso e prático que com tão largo descortino prefigurou o nosso desenvolvimento: não podemos ainda dispensar a energia européia mais ativa e apta, para que se desencadeiem as nossas energias naturais. O colono, entre nós, é o primeiro, senão o único fator econômico, e, pelo destaque vivíssimo entre a sua perícia infatigável e a nossa atividade tateante, ele reponta, transformando a biologia industrial num capítulo interessantíssimo de psicologia social.

Deste modo, a simpatia pelo estrangeiro, baseamo-la, até movidos pelo egoísmo, nos nossos interesses imediatos e mais urgentes.

Podemos apreciar com segurança o lado sombrio deste assunto.

De fato, esta imigração que desejamos, não já pelo concurso mecânico do braço que trabalha, senão também porque carecemos da colaboração artística e do adiantamento de outros povos, aparece diante do vacilante da nossa estrutura política e da nossa formação histórica incompleta como um problema, que não podemos afastar, que não queremos e não devemos afastar, mas que devemos resolver com infinitas cautelas. Não podemos encará-lo com o ânimo folgado nem com o moderantismo com que o enfrentam os naturais de um país onde o forasteiro, parta de onde partir, depare, a par de um intenso individualismo de raça constituída, a atmosfera virtual de uma civilização onde ele para viver tenha que se adaptar. A nossa situação não é ainda esta. O forasteiro de um modo geral — à parte naturalmente o rebotalho das levas imigrantes — aqui depara um meio intelectual e moral facilmente complectível, senão inferior àquele onde nasceu; a pouco e pouco vai trazendonos o seu ambiente moral, destruindo pelo contínuo implante dos seus costumes o próprio exílio que procurou e criando-nos ao cabo, graças ao nosso desapego às tradições, ao cosmopolitismo instintivo e à insegurida de dos nossos estímulos próprios, um quase exílio paradoxal dentro da nossa própria terra.

É nesta circunstância única que se esboçam inconvenientes capazes das mais exageradas susceptibilidades patrióticas esclarecidas pelas mais sólidas inferências positivas.

Falta-nos integridade étnica que nos aparelhe de resistência diante dos caracteres de outros povos.

O Brasil não é como os Estados Unidos ou a Austrália, onde o inglês, o alemão ou o francês alteram e cambiam as qualidades nativas ou as refundem e refinam, originando um tipo novo e mais elevado do que os elementos formadores. Está numa situação provisória de fraqueza, na franca instabilidade de uma combinação incompleta de efeitos ainda imprevistos, em que a variedade dos sangues, que se caldeiam, implica o dispersivo das tendências díspares, que se entrelaçam.

E isto numa quadra excepcional em que parecem perdidas todas as esperanças no influxo nivelador do pensamento moderno, cuja circulação poderosa, contravindo a todos os prognósticos, não refundiu, não misturou e não unificou os atributos primitivos dos povos, nem destruiu, num desafogado internacionalismo, a cláusula das fronteiras.

As últimas páginas de H. Spencer são um diluente do esplêndido rigorismo das suas mais sólidas teorias. O filósofo que se abalançou a traduzir o desdobramento evolutivo das sociedades numa fórmula tão concisa e fulgurante quanto a fórmula analítica em que Lagrange fundiu toda a mecânica racional — acabou num lastimável desalento. A seu parecer, a civilização desfecha na barbaria.

Depois de presidir ao triunfo das ciências e de caracterizar os seus reflexos criadores nas maiores maravilhas das indústrias — assombrou-o à última hora, salteando-o de espantos, o sombrio alvorecer crepuscular do novo século. E contemplando em toda a parte, de par com a desorientação científica, um extravagante renascimento da atividade militar e um imperialismo que denuncia a tendência das nacionalidades robustas a firmarem a hegemonia política — rematou uma vida que toda ela foi um hino ao progresso, confessando que assistia à decadência universal.

Exagerou.

Mas há um fato incontestável: o pendor atual e irresistível das raças fortes para o domínio, não pela espada, efêmeras vitórias ou conquistas territoriais — mas pela infiltração poderosa do seu gênio e da sua atividade. Para este conflito é que devemos preparar-nos, formulando todas as medidas, de caráter provisório embora, que nos permitam enfrentar sem temores as energias dominadoras da vida civilizada, aproveitando-as cautelosamente, sem abdicarmos a originalidade das nossas tendências, garantidoras exclusivas da nossa autonomia entre as nações. Está visto o significado superior desse anelo quase instintivo de uma revisão constitucional que tanto se vai generalizando e em breve será a plataforma única de um partido, o primeiro digno de tal nome a formar-se neste regime. Reconhece-se, afinal, que o nosso código orgânico não enfeixa as condições naturais do progresso; e que andamos há quinze anos no convívio das nações com a aparência pouco apresentável de quem, meão na altura, se revestiu desastradamente com as vestes de um colosso.

Daí, a maioria dos males.

Fora absurdo atribuí-los à República, numa época em que a preexcelência das formas de governo é assunto relegado aos donaires da palavra e à brilhante frivolidade dos torneios acadêmicos. Atribuímo-los ao artificialismo de um aparelho governamental feito de afogadilho e sem a medida preliminar dos elementos próprios da nossa vida. Um código orgânico, como qualquer outra construção intelectual, surge naturalmente da observação consciente dos materiais objetivos do meio que ele procura definir — e para o caso especial do Brasil exige ainda medidas que contrapesem ou equilibrem a nossa evidente fragilidade de raça ainda incompleta, com a integridade absorvente das raças já constituídas. A tarefa dos futuros legisladores será mais social do que política e inçada de dificuldades, talvez insuperáveis.

Realmente, este velar pela originalidade ainda vacilante de um povo — numa fase histórica em que se universalizam tendências e ideais, e em que fora absurdo inclassificável o sequestro do Paraguai de há cinquenta anos, equivale quase a impropriar-nos ao ritmo acelerado da civilização geral...

***

Mas se não podemos engenhar medidas que nos salvaguardem, ou amparem nesta pressão formidável imposta pelo convívio necessário, civilizador e útil dos demais países, devemos pelo menos evitar as que de qualquer modo facilitem, ou estimulem, ou abram a mais estreita frincha à intervenção triunfante do estrangeiro na esfera superior dos nossos destinos.

É o que sucede, para citarmos um exemplo, com o projeto de reforma constitucional que neste momento se discute no Congresso paulista.

Lá está um artigo a talho das considerações que alinhamos.

É o que firma a elegibilidade do estrangeiro, dotado com um exíguo quinquênio de vida estadual, para o cargo de presidente do Estado. A reforma, neste ponto, não altera o estatuto antigo.

Renova-o. O naturalizado, revestido de direitos políticos de pronto adquiridos na franquia escancarada da grande naturalização, poderá dirigir amanhã os destinos do Estado mais próspero do Brasil. Assim, no plagiar a estrutura política dos ianque, mal cepilhando-lhe as rebarbas, vamos repeli-la e repudiá-la precisamente no lance onde ela ostenta um magnífico ciúme nativista, rodeando de tantas exigências, de tantos empeços e de condições tão severas, até para os mesmos filhos do país, o conseguimento de um cargo, que é a mais alta concretização da vontade popular, e que se destina a imprimir uma unidade inteiriça entre os demais órgãos do governo.

Todas as linhas anteriores nos dispensam o comentário mais breve desta disposição legislativa, que irá atrair para o ponto mais alto das agitações eleitorais a arregimentação vigorosa dos que têm a solidariedade espontânea e firme determinada pelo próprio afastamento da verdadeira pátria. E se considerarmos bem o quadro desanimador da nossa atual existência política, praticamente definida pela mais completa indiferença e em que o abstencionismo se erigiu em protesto único e contraproducente a defrontar os estigmas que debilitam a organização dos poderes constituídos — o artigo renovado na Constituição do Estado mais cosmopolita do Brasil não é apenas um erro.

É até uma imprudência.

Um velho problema

*L*i há tempos alentada dissertação sobre um singularíssimo direito expresso em velhas leis consuetudinárias da Borgonha. Direito do roubo...

Recordo-me que, surpreendido com tal antinomia, tão revolucionária, sobretudo para aquela época, ainda mais alarmado fiquei notando que a patrocinava o maior dos teólogos, Santo Tomás de Aquino; e com tal brilho e cópia de argumentos, que a perigosa tese repontava com a estrutura inteiriça de um princípio positivo. Realmente a repassava uma nobre e incomparável piedade, fazendo que aquela extravagância resumisse e espelhasse um dos aspectos mais impressionadores da justiça.

Tratava-se, ao parecer, de um código da indigência; e os graves doutores, no avantajarem-se tanto, rompendo com tão nobre rebeldia as barreiras da moral comum, para advogarem a causa da enorme maioria de

Contrastes e confrontos

espoliados, chegavam à conclusão de que a opulência dos ricos se traduzia como um delitum legale, um crime legalizado.

Impressionava-os o problema formidável da miséria na sua feição dupla — material e filosófica — pois é talvez menos doloroso refletido nos andrajos das populações vitimadas, que na triste inópia de elementos da civilização para o resolver.

E como lhes faleciam, mais do que hoje nos falecem, elementos para a extinção do mal, justificavam aos desvalidos num crudelíssimo título de posse a todos os bens — a fome.

O indigente tornava-se um privilegiado afrontando impune toda a ortodoxia econômica.

O roubo transmudava-se, do mesmo passo, num direito natural de legítima defesa contra a Morte e num dever imperioso para com a Vida.

Mas não foram além deste expediente e dessas declamações os piedosos doutores. Tolhia-os, senão a situação mental da Idade Média imprópria a uma apreciação exata do conjunto do progresso humano, a mesma ditadura espiritual do catolicismo, na plenitude de força, e para o qual a miséria — eloquentíssima expressão concreta do dogma do pecado original — era sempre um horroroso e necessário capital negativo, avolumando-se com as provações e com os martírios para a posse anelada da bem-aventurança, nos céus...

Por outro lado, os pensadores leigos do tempo, e os que os encalçaram até ao século XVIII, não partiram esta tonalidade sentimental. Mais sonhadores que filósofos, o que os atraiu era o lado estético do infortúnio, a visão empolgante do sofrimento humano, a quem nos associamos sempre pela piedade. Os seus livros, pelos próprios títulos hiperbólicos, à maneira dos das novelas do tempo, retratam uma intervenção brilhante e imaginosa, mas inútil. São como títulos de poemas. De fato, na Utopia de Thomaz Morus, na Oceana de Hallis, ou na Basilíade de Morelly, a perspectiva de uma existência melhor, oriunda da riqueza equitativamente distribuída e dos privilégios extintos, irrompe num fervor de ditirambos, aos quais não faltam, para maior destaque, prólogos arrepiadores de agruras e tormentas indescritíveis...

As medidas propostas raiam pelos exageros máximos da fantasia: do " nivelamento absoluto" de João Libburne, ao platonismo adorável de Fontenelle e ao niilismo religioso de Diderot; e para lhes não faltar o grotesco, esse cruel e antilógico grotesco imanente às mais trágicas situações, culmina-as o desvairado comunismo de Campanella com os seus trezentos monges, trezentos ascetas barbudos e melancólicos, tentando uma república igualitária que seria o desabamento de todas as conquistas do progresso.

Ora, tudo isto caracteriza bem o completo desequilíbrio das almas rudemente trabalhadas pelas doutrinas opostas e de todo desapercebidas, então, de uma síntese filosófica que ao mesmo passo as emancipasse do apego tradicional ao catolicismo, cuja missão findara, e dos impulsos demolidores da metafísica triunfante.

Assim, ao arrebentar a crise decisiva de 1789, não é de estranhar ficasse inapercebido, e talvez sacrificado, o grande problema que desde Pitágoras e Platão vinha agitando os espíritos. É que a grande revolução, inspirada pela filosofia social do século XVIII, oferece o espetáculo singular de repudiar, desde os seus primeiros atos, os seus próprios criadores.

A consideração de Guizot é profunda: nunca uma filosofia aspirou tanto ao governo do mundo e nunca foi tão despida de Império.

Os filósofos foram, de pronto, suplantados, na agitação revolta dos panfletos e da retórica explosiva dessa literatura política sempre efêmera, com ser modelada pelos desvarios repentinos da multidão. À sólida estrutura mental de um d'Alembert se antepôs o espírito imaginoso e pueril de um Vergniaud, e aos sonhos desmedidos de Mably o excesso de objetivismo do trágico casquilho que passeou pelas ruas de Paris a deusa da Razão...

De sorte que a última pancada no antigo regime — já longamente solapado e prestes a cair por si mesmo - se fez com excesso de energias que atirou sobre os destroços da ordem antiga as ruínas da ordem nova planeada. Exclusivamente atraída pelo programa, que se lhe figurava enorme e pouco valia, de derruir as classes privilegiadas, a revolução firmou, nos "direitos do homem", um duro individualismo que na ordem espiritual significava a negação dos seus melhores princípios e na ordem prática equivalia a destruir as corporações populares, isto é, a única criação democrática da Idade Média.

"Os direitos do homem... No entanto, a fórmula superior daquela filosofia, visava, de preferência, através da solidariedade humana crescente, exatamente ao contrário — os deveres do homem." Mas era exigir muito à loucura política do momento. Fazia-se mister, antes de tudo, que as franquias recém-adquiridas tivessem um traço incisivamente antiaristocrático. Que o camponês, absolutamente livre, fosse absolutamente dono da quadra de terra onde nascera e onde tanto tempo jazera aguilhoado à gleba feudal; enquanto o burguês das cidades pudesse agir libérrimo, dispondo a bel-prazer de todos os seus bens, despeado do liame das jurandes.

E o trono vazio dos Capetos teve em roda a concorrência tumultuária de não sei quantos milhões de liliputianos reis...

Despojados o clero e a aristocracia de suas propriedades (não raro precárias como privilégios sujeitos aos caprichos do poder monárquico) ficou em seu lugar — intangível, absoluta e sacratíssima — a propriedade burguesa, para a qual o ilustre Condorcet não encontrara limites no texto que forneceu à Convenção.

Por isto, a breve trecho, se patenteou a inanidade das reformas executadas: ao invés de um número restrito de privilegiados, nos quais o egoísmo se atenuava com as tradições cavalheirescas da nobreza, um outro, maior e formado pela burguesia vitoriosa, mais inapta ainda a compreender a missão social da propriedade, ávida por dominar na arena livre que se lhe abria, e tornando maior o contraste entre a sua opulência recente e a situação inalterável do proletariado sem voto naquele tumulto e destinada apenas a colaborar anonimamente na epopéia napoleônica, quando em breve, culminando a catástrofe revolucionária, o mais pequenino dos grandes homens surgisse, concretizando a reação disfarçada do antigo regime, e fosse restaurar, entre os fulgores de uma glória odiosa, o anacronismo da atividade militar.

Destruída desta maneira a obra memorável da Convenção, vê-se, contudo, que ela tinha, latentes e aguardando apenas um meio propício, os princípios de uma distribuição mais equitativa da fortuna. Para o rígido Camus, a propriedade "não era um direito natural, era um direito social"; acompanhava-o neste conceito o romântico Saint-Just; e sobre todos, mais incisivamente, num dizer claríssimo que lhe dá as honras de um precursor do coletivismo moderno, o incomparável Mirabeau atirava na anarquia das assembléias estas palavras singularmente austeras: "Le proprietarie n'est lui-même que le premier des salariés. Ce que nous appellons vulgairement la proprieté n'est autre chose que le prix qui lui paye la societé pour les distribuitions qu'il est chargé de faire aux autres individus par ses consommations et ses depenses. Les proprietaires sont les agents, les economes du corps social."

Estas frases admiráveis, porém, que ainda hoje, transcorridos cento e tantos anos, são a síntese de todo o programa econômico do socialismo, ninguém as escutou. De modo que à massa infelicíssima do povo, a quem a revolução libertara para a morte despeando-a da gleba para jungi-la ao carro triunfal de um alucinado, restavam ainda, como nos velhos tempos, apenas as fórmulas enérgicas, mas inócuas, de alguns doutores canonizados; e em pleno repontar do século XIX (quando a filosofia natural já aparelhara o homem para transfigurar a terra) um triste, um repugnante, um deplorável, e um horroroso direito: o direito de roubo...

***

Mas esta filosofia natural, tão crescentemente revigorada e favorecendo tanto, no século que passou, o ascendente industrial, era por si mesma — isolada no campo das suas investigações — inapta à verdadeira solução do problema. Dizem-no os insucessos de todos os que o consideraram esteando-se nela, das estupendas utopias de Saint-Simon e dos seus extraordinários discípulos, às alienações de Proudhon, às tentativas bizarras de Fourier e ao soçobro completo da política de Luís Blanc.

Fora logo acompanhá-los. Se o fizéssemos, veríamos que, malgrado todos os recursos das ciências, eles pouco se avantajaram aos sonhadores medievais: o mesmo agitar de medidas fantásticas, e tão radicais, algumas, abalando tanto os fundamentos da sociedade, a começar pela organização da família, que acarretavam antes novos elementos perturbadores e novas

Euclides da Cunha

faces à questão, dando-lhe um caráter por igual revolucionário e complexo capaz de a tornar perpetuamente insolúvel.

***

Assim ela chegou até meados do último século — até Karl Marx — pois foi, realmente, com este inflexível adversário de Proudhon que o socialismo científico começou a usar uma linguagem firme, compreensível e positiva. Nada de idealizações: fatos; e induções inabaláveis resultantes de uma análise rigorosa dos materiais objetivos; e a experiência e a observação, adestradas em lúcido tirocínio ao través das ciências inferiores; e a lógica inflexível dos acontecimentos; e essa terrível argumentação terra-a-terra, sem tortuosidades de silogismos, sem o idiotismo transcendental da velha dialética, mas toda feita de axiomas, de verdadeiros truísmos, por maneira a não exigir dos espíritos o mínimo esforço para a alcançarem, porque ela é quem os alcança independentemente da vontade, e os domina e os arrasta com a fortaleza da própria simplicidade.

A fonte única da produção e do seu corolário imediato, o valor, é o trabalho. Nem a terra, nem as máquinas, nem o capital, mesmo coligados, as produzem sem o braço do operário. Daí uma conclusão irredutível: — a riqueza produzida deve pertencer toda aos que trabalham. E um conceito dedutivo: o capital é uma espoliação.

Não se pode negar a segurança do raciocínio.

De feito, desbancada por completo a lei de Malthus, ante a qual nem se explicaria a civilização, e demonstrada a que se lhe contrapõe consistindo em que "cada homem produz sempre mais do que consome persistindo os frutos do seu esforço além do tempo necessário à sua reprodução", — põe-se de manifesto o traço injusto da organização econômica do nosso tempo.

A exploração capitalista é assombrosamente clara, colocando mesmo o trabalhador num nível inferior ao da máquina. De fato, esta, na permanente passividade da matéria, é conservada pelo dono; impõe-lhe constantes resguardos no trazê-la íntegra e brunida, corrigindo-lhe os desarranjos; e quando morre — digamos assim — fulminada pela pletora de força de uma explosão, ou debilitada pelas vibrações que lhe granulam a musculatura de ferro, origina a mágoa real de um desfalque, a tristeza de um decrescimento da fortuna, o luto inconsolável de um dano. Ao passo que o operário, adstrito a salários escassos demais à sua subsistência, é a máquina que se conserva por si, e mal; as suas dores recalca-as, forçadamente estóico; as suas moléstias, que, por uma cruel ironia, crescem com o desenvolvimento industrial — o fosforismo, o saturnismo, o hidrargirismo, o oxicarborismo — cura-as como pode, quando pode; e quando morre, afinal, às vezes subitamente triturado nas engrenagens da sua sinistra sócia mais bem aquinhoada, ou lentamente — esverdinhado pelos sais de cobre e de zinco, paralítico delirante pelo chumbo, inchado pelos compostos do mercúrio, asfixiado pelo óxido carbônico, ulcerado pelos cáusticos dos pós arsenicais, devastado

Contrastes e confrontos

pela terrível embriaguez petrólica ou fulminado por um coup de plomb — quando se extingue, ninguém lhe dá pela falta na grande massa anônima e taciturna, que enxurra todas as manhãs à porta das oficinas.

Neste confronto se expõe a pecaminosa injustiça que o egoísmo capitalista agrava, não permitindo, mercê do salário insuficiente, que se conserve tão bem como os seus aparelhos metálicos, os seus aparelhos de músculos e nervos; e está em grande parte a justificativa dos socialistas no chegarem todos ao duplo princípio fundamental:

Socialização dos meios de produção e circulação;
Posse individual somente dos objetos de uso.

Este princípio, unanimemente aceito, domina toda a heterodoxia socialista — de sorte que as cisões, e são numerosas, existentes entre eles, consistem apenas nos meios de atingir-se aquele objetivo. Para alguns, e citem-se apenas João Ligg e Ed. Vaillant, os privilégios econômicos e políticos devem cair ao choque de uma revolução violenta. É o socialismo demolidor, que, entretanto, menos aterroriza a sociedade burguesa. Outros, como Emílio Vandervelde, se colocam numa atitude expectante: as reformas serão violentas ou não, segundo o grau de resistência da burguesia. Finalmente, outros ainda — os mais tranquilos e mais perigosos — como Ferri e Colajanni, corretamente evolucionistas, reconhecendo a carência de um plano já feito de organização social capaz de substituir, em bloco, num dia, a ordem atual das coisas, relegam a segundo plano as medidas violentas, sempre infecundas e só aceitáveis transitoriamente, de passagem, num ou outro ponto, para abrirem caminho à própria evolução.

Ferri, em belíssimo paralelo entre o desenvolvimento social e o terrestre, mostra como os imaginosos cataclismos de Cuvier, perturbaram, sem efeito, a geologia para explicarem transformações que se realizam sob o nosso olhar, sendo os grandes resultados, que mal compreendemos no estreito círculo da vida individual, uma soma de efeitos parcelados acumulando-se na amplitude das idades do globo. Deslocando à sociedade este conceito, aponta-nos o processo normal das reformas lentas, operando-se na consciência coletiva e refletindo-se a pouco e pouco na prática, nos costumes e na legislação escrita, continuamente melhorada.

Nada mais límpido. Realmente, as catástrofes sociais só podem provocá-las as próprias classes dominantes, as tímidas classes conservadoras, opondo-se à marcha das reformas — como a barragem contraposta a uma corrente tranquila pode gerar a inundação. Mesmo nesse caso, porém, a convulsão é transitória; é um contrachoque ferindo a barreira governamental. Nada mais. Porque o caráter revolucionário do socialismo está apenas no seu programa radical. Revolução: transformação. Para a conseguir, basta-lhe erguer a consciência do proletário, e — conforme a norma traçada pelo Congresso Socialista de Paris, em 1900 — aviventar a arregimentação política e econômica dos trabalhadores.

Porque a revolução não é um meio, é um fim; embora, às vezes, lhe seja mister um meio, a revolta. Mas esta sem a forma dramática e ruidosa de outrora. As festas do primeiro de maio são, quanto a este último ponto, bem expressivas. Para abalar a terra inteira, basta que a grande legião em marcha pratique um ato simplíssimo: cruzar os braços...

Porque o seu triunfo é inevitável.

Garantem-no as leis positivas da sociedade que criarão o reinado tranquilo das ciências e das artes, fontes de um capital maior, indestrutível e crescente, formado pelas melhores conquistas do espírito e do coração...

Ao longo de uma estrada

*M*argem do Turvo — novembro de 1901

... Considero, à porta da capuaba de pau-a-pique e taipa em que me abriguei, este trecho torturante da estrada de Tabuado, onde me colheu a noite.

E penso, desapontado, nas três mil léguas das quarenta e oito estradas romanas, estendidas, irradiantes, pela terra feito uma rede aprisionadora e forte desenrolada em roda da coluna fulgente do miliarum aureum, que centralizava o Fórum.

O viajante abalava por uma delas, a Via Flamínia, por exemplo, e contorneava todo o norte da Itália; entrava na Panônia; varava adiante, a Moécia e a Trácia, seguindo por Heracléia até Constantinopla; e daí para a Bitínia, para a Capadócia, para Antióquia, atravessando o Tauros, e para a Síria, a Palestina e o Egito; inflectindo, afinal, vivamente, à. direita, perlongando todo o norte da África, de Alexandria a Tânger.

Neste longo percurso — atravessando pantanais e montanhas sobre paredões de pedra ou galerias subterrâneas, pisava o chão duro dos stracta enrijados a cimento, cobertos pelas gláreas de saibro sobre que se estendiam os ladrilhos largos dos silhares.

Por ali disparavam as quadrigas velozes, como sobre raias unidas, e o pedestre desviavase, a salvo, sobre as calçadas laterais de basalto, das margines, ladeadas de bancos intervalados e cômodos.

As viagens transcorriam rápidas naquelas avenidas continentais, animadas e vibrantes, onde estrepitava a galopada dos correios precipitando--se para as Gálias ou para a Síria, e derivavam, vagarosas, as caravanas

Contrastes e confrontos

dos mercadores, estacando às vezes para que de permeio lhes passassem céleres, no ritmo acelerado da estratégia de César, as coortes das legiões. Há dois mil e tantos anos...

É natural que nos entristeçamos hoje, contemplando este trecho medonho de estrada, tortuoso e estreito, invadido de mato, rolando em aclives vivos, afundando em grotões, enfiando, feito num túnel, pelos tabocais que o cobrem, ou diluindo-se, impraticável, em tremedais extensos; — um picadão malgradado, de dezenas de léguas, atravessando todo o Estado de São Paulo até ao Mato Grosso.

Dir-se-á que os tempos são outros, outros os nossos recursos, e que a linhas férreas substituem com vantagem aquelas construções monumentais da engenharia antiga, com maior economia de esforços e resultados incomparavelmente maiores.

***

Mas esta estrada de Tabuado que, pelo seu traçado, é a mais importante não já de São Paulo mas do Brasil inteiro, merecia trabalhos excepcionais. Tem um caráter continental tão frisante que devíamos, tanto quanto possível, aproximá-la de uma estrada romana.

Desenvolvendo-se de Jaboticabal ao porto do Paraná, que a batiza, o seu prolongamento levá-la-ia, recortando o divortium aquarum do Amazonas e do Paraguai, a Cuiabá, quase no centro geométrico da América do Sul. Teria, então, um comprimento de duzentas léguas escassas e se fosse construída — não diremos com o luxo estupendo dos caminhos antigos, nem mesmo como os modernos planck-roads do Canadá — mas larga e abaulada, declives atenuados, atoleiros para sempre desfeitos com aterros firmes e drenagem completa, faixa reforçada por uma macadamização pouco espessa embora, pontes que não constringissem a vazão do rio nas estreitezas de uma economia extravagante, e tendo, regularmente espaçados, estações e postos de segurança, garantindo e policiando o tráfego; assim constituída, aquela estrada duplicaria em poucos anos a vitalidade nacional.

Não idealizamos.

Entre os coeficientes de redução do nosso progresso, avulta uma condição geográfica, que toda a gente conhece.

O Brasil é compacto. Falta-lhe penetrabilidade. Falta-lhe esse articulado fundo das costas, essa diferenciação do espaço que em todos os tempos e lugares da Grécia antiga à Inglaterra de hoje e ao Japão, reage vigorosamente sobre as civilizações locais. Por outro lado, completando os inconvenientes de um aparelho litoral inteiriço, a sua estrutura geológica, matriz do facies topográfico — antemurais graníticas precintando planaltos — impropria-o ainda mais ao domínio franco.

Daí todo o esforço despendido para se modificar esta fatalidade geográfica.

Em torno do problema da viação geral do Brasil se tem travado discussões entre as mais interessantes de toda a engenharia.

Começaram em 1870. Tiveram a princípio, como objetivo exclusivo, o abandono do perigoso desvio pelo Prata, que, de 1850 a 1866, através de longa série de desastres diplomáticos enfeixados afinal numa campanha feroz, tornava precárias as comunicações com o Mato Grosso.

Apareceram, então, os traçados de Palm e Lloyd, B. Rohan, Antônio Rebouças e outros, que, variando apenas no escolher os diversos vales como linhas naturais de penetração, visavam, estreitamente estratégicos, alcançar o Paraguai, pelo sul daquele Estado remoto.

Apenas Monteiro Tourinho ampliou o problema, sem o melhorar, com a idealização ousada de uma linha férrea das Sete Quedas, no Paraná, ao porto de Arica, no Pacífico.

Depois a questão se esclareceu melhor. Sem perder o ponto de vista militar, tornou-o apenas incidente de aspiração mais alta.

Surge o nome de Pimenta Bueno. O grande engenheiro firma, em 76, acompanhando a divisória das águas do Tietê e do Mogi-Guaçu, com o ponto obrigado de Santa Ana do Paranaíba, o rumo realmente prático das nossas comunicações com a capital de Mato Grosso.

Os que se sucederam, a própria comissão de cinco notáveis — Rio Branco, Beaurepaire Rohan, Buarque de Macedo, Raposo e Honório Bicalho — não encararam com maior lucidez o assunto.

A linha planeada, que a Companhia Paulista, infelizmente, acompanhou somente até Araraquara, permaneceu inteiriça, completa, sem comportar a variante mais breve, e cortando mesmo, vitoriosamente, depois, as paralelas desse grande triângulo da viação geral, que André Rebouças ideou, como um desafio ao nosso progresso máximo, no futuro.

Não pormenorizaremos estes vários traçados.

Notemos apenas que em todos eles os dignos mestres tiveram a obsessão permanente da locomotiva, rápida e triunfante, suplantando tão desmarcadas distâncias. Agiram num plano superior demais. Foram sobremaneira teóricos e olvidando o aspecto econômico, dominante na questão, parece terem imaginado que a simples chegada das vias férreas bastasse para que surgissem os elementos vitais e a matéria-prima da mais civilizadora das indústrias: o povoamento, a produção intensa e o tráfego contínuo.

Mas este despertar de energias em regiões despovoadas requer um prazo longo demais para os capitais que nele se arriscam, jogando contra o futuro.

Mostra-o, entre nós, uma experiência de trinta anos.

As nossas duas melhores estradas de penetração, aparelhadas pelos recursos acumulados de um progresso crescente, a Paulista e a Mogiana, inauguradas em 1872 e 1875, no avançarem para Mato Grosso e Goiás mal ultrapassam, hoje, um terço e a metade das distâncias.

Entretanto, organizaram-se na quadra certo mais pujante do nosso desenvolvimento econômico, que o gênio do Visconde do Rio Branco

Contrastes e confrontos

domina, e tiveram, nos anos subsequentes, o amparo da riqueza crescente de São Paulo.

A primeira afastou-se do mesmo traçado civilizador de Pimenta Bueno, seguindo ilogicamente para Barretos, desviando-se de uma rota entregue hoje ao avançamento, naturalmente moroso, da estrada de Ribeirãozinho. Mas dado que persistisse no primitivo rumo e fosse encontrando sempre nas novas paragens atingidas as mesmas condições de vida, só alcançaria Cuiabá num prazo mínimo de sessenta anos...

E ainda quando, escandalosamente otimistas diante do nosso desfalecimento econômico, reduzíssemos aquele prazo, não apagaríamos o traço bem pouco animador que caracteriza a distensão das nossas redes de estradas de ferro.

De fato, nenhuma busca o centro do país visando despertar as energias latentes que o afastamento do litoral amortece. Progridem arrebatadas por uma lavoura extensiva que se avantaja no interior à custa do esgotamento, da pobreza e da esterilização das terras que vai abandonando.

Povoam despovoando. Não multiplicam as energias nacionais, deslocam-nas. Fazem avançamentos que não são um progresso. E, alongando para a frente os trilhos, à medida que novas terras roxas abrolham em novos cafezais, vão, ao acaso, nesse seguir o sulco das derribadas, deixando atrás um espantalho de civilização tacanha nas cidades decaídas circundadas de fazendas velhas...

Este fato, que ninguém contesta, define bem as anomalias de um desenvolvimento e de um progresso contestáveis. Reflete o vício de uma expansão em que não colaboram as forças profundas do país, porque vai da periferia para o centro, sobre não ter o caráter francamente nacional, a pouco e pouco extinto no vigor das correntes intensivas de imigrantes, que, diante da nossa indiferença fatalista pelo futuro, já vão assumindo o aspecto de uma invasão de bárbaros pacíficos.

Deste modo uma estrada de rodagem digna de tal nome, para o Mato Grosso, principalmente agora que o automobilismo libertou a velocidade do trilho, não seria apenas o melhor leito para a futura via férrea e o melhor meio de nos emanciparmos do Prata, neste fase incandescente da política sul-americana, mas ainda, sob aspecto mais grave, um belo laço de solidariedade prendendo-nos aos patrícios dos sertões e revigorando uma integração étnica, já consideravelmente comprometida.

***

E a tarefa é, relativamente, fácil.

Temos um termo de comparação expressivo na única estrada de rodagem de todo o Brasil, a da "União e Indústria".

Desenvolvida de Juiz de Fora a Petrópolis, com um percurso de 147 quilômetros, esta admirável avenida, macadamizada de feldspato e quartzo, que outrora faria inveja às melhores ruas das nossas capitais, é uma grande lição.

Surgiu da vontade de ferro de um homem — Mariano Procópio — e foi executada em condições desfavoráveis: de um lado as dificuldades técnicas decorrentes da feição alpestre do Rio de Janeiro e Minas, de outro a carência de aparelhos e maquinismos, que hoje existem, sendo o próprio britamento das pedras feito desvantajosamente, à mão, o que encarecia sobremodo os materiais empregados.

Mas foi feita — larga, de oito metros, abaulado o leito resistente e firme, perfeitamente drenado, decorado de obras de arte em que se salienta a ponte das Garças sobre o Paraíba, e infletindo em curvas capazes dos maiores retângulos de atrelagem, ou atenuando, malgrado o acidentado dos lugares, os esforços de tração, graças a um máximo de 3% para os declives.

É natural que sobre ela as diligências de cerca de três toneladas, corressem, rápidas, com a velocidade média de 17 quilômetros por hora, o que permitia o percurso total das suas vinte e duas léguas em muito menos de um dia.

Ora, uma estrada identicamente modelada, para Mato Grosso, seria apenas oito vezes e meia maior.

Realmente, dando-se aos caminhos de Jaboticabal a Cuiabá um desenvolvimento de 0,20 sobre a linha reta, o que não é pouco para uma estrada de rodagem, vemos que a sua extensão total importará em 1.250 quilômetros ou 190 léguas.

Com estes dados, confrontadas as duas empresas, verifica-se que todas as vantagens são pela última.

Dois Estados, o de Mato Grosso e o de São Paulo, e a União, por igual interessados, certo balanceiam, numa proporção maior, a energia única de um homem, sobretudo considerando-se que a intervenção da última acarretará a diminuição da mão-de-obra pelo emprego de engenharia militar e contingentes do Exército. Além disso, os tempos mudaram, estando a engenharia aparelhada de elementos incomparavelmente mais eficazes.

Ainda mais, o dilatado do desenvolvimento seria em grande parte compensado pela disposição mais acessível do terreno.

De fato, percorridos os 435 quilômetros que vão de Jaboticabal à margem direita do Paraná, fronteira ao Tabuado, mercê de uma ponte de 880 metros sobre o grande rio, a única obra de arte dispendiosa a executar, a estrada se desdobrará, a partir de Santa Ana, pelo vale do Aporé; e, deixando-o, irá deparar regiões ainda mais praticáveis, estendendose em cheio sobre esse divortium aquarum do Amazonas e do Paraguai, tão pouco acentuado e de relevos tão breves que os tributários dos dois rios quase se anastomosam em nascentes comuns. E se considerarmos que em todo este percurso lhe sobejam, nos seixos rolados de inumeráveis cursos de água e nos afloramentos de quartzitos, materiais que suplantam na facilidade do britamento, e na duração, o gnaisse granítico da "União e Indústria", vemos que, de feito, numerosíssimas condições favoráveis rodeiam a abertura desse caminho admirável, imposto por exigências sociais e políticas tão imprescindíveis e urgentes.

Quando isto suceder — dando-se mesmo às diligências, numa marcha diária de dez horas, uma velocidade média de doze quilômetros, a travessia de Jaboticabal a Cuiabá será feita, folgadamente, em dez dias — precisamente um terço, portanto, do que hoje se gasta na volta de quinhentas léguas pelo Prata. Ademais, ficarão por uma vez removidos todos os embaraços, todos os empeços inesperados da travessia num rio, que, pelos atritos perigosos que tem originado, e despertará, é o Bósforo alongado na América do Sul.

E se isto não acontecer — então, parafraseando uma frase célebre, é que decididamente nos faltam "um grande engenheiro, um grande ministro e um grande chefe de Estado", para a realização das grandes obras.

Civilização

*C*onvenha-se em que Spencer — o Spencer da última hora, o Spencer valetudinário e misantropo que chegou aos primeiros dias deste século para o amaldiçoar e morrer — desgarrou da verdade ao afirmar que há, nestes tempos, um recuo para a barbaria. Viu a vida universal com a vista cansada dos velhos. Não a compreendeu. Não lhe apreendeu os aspectos variadíssimos e novos. Certo, faltou-lhe às células cerebrais, exauridas pela idade, senão pelo mesmo acúmulo das imagens que se refletiram, a primitiva receptividade diante da época indescritível e bizarra em que as almas se dobram à sobrecarga de maravilhas e vacilam, deslumbradas, ora entre prodígios da indústria tão delicados, às vezes, que recordam uma materialização do espírito criador, ora entre as magias da ciência, tão poderosas que espiritualizam a matéria dinamizando-a na idealização tangível do radium...

Ou, então, afligiu-o um duro ferretoar da inveja. Ia-se-lhe a vida, próxima a estagnar-se no emperramento das artérias — e ficava-lhe na frente, maior e crescente, prefigurando novos encantos, novas revelações e novos ideais, o resplendor da civilização vitoriosa. Não se conteve. Partiu-se-lhe o aprumo de filósofo. Vestiu desastradamente a pele da raposa desapontada, e entrou na imortalidade através de uma fábula de La Fontaine.

Que mais desejava o sábio?...

Maior amplitude na ciência?

Mas esta é, hoje, tal que obriga a inteligência a diferenciar-se numa especialização indefinida. O mais desvalioso, o mais tíbio aspecto particularíssimo de uma existência, exige uma existência inteira. Em torno da criptógama mais rudimentar arma-se uma biblioteca. A mais afanosa vida não basta a estudar todas as algas. Breve se organizarão academias para os zoófitos. O martelo do geólogo bate, nesta hora, na última aresta rochosa do último recanto perdido na anfractuosidade de um contraforte sem nome de uma montanha da África central. Aos sismógrafos, armados em toda a parte, não escapa o mínimo tremor, a mais célere crispatdura da terra. A ocultação da estrela mais imperceptível, sem nome ou apequenada nas últimas letras do alfabeto grego, não se opera sem que a acompanhe o olhar perspícuo de um astrônomo — do astrônomo que não induz como Newton, Kepler, nem calcula como Gauss, porque lhe é escassa a vida para as infinitas minúcias que repontam e fulguram na poeirada cósmica dos asteróides.

Neste momento, um oceanógrafo, um NN imortal qualquer, arranca o brilho de uma revelação da vasa secular de um dos tenebrosos abismos do Atlântico; ou pompeia, vaidoso, o fruto de vinte anos de análises, descrevendo rigorosamente o movimento respiratório das nereidas.

E um anatomista, encanecido a estudar o grande zigomático, levanta-se gravemente numa academia real austera ou num instituto sisudo, e, diante da austera academia, que se edifica, ou do sisudo instituto, que se deslumbra, faz a filosofia do riso e a dinâmica hilariante da alegria...

Maior idealização artística?

Mas Shakespeare imortalizou-se, universalizando-se: foi a grande voz assombradora da natureza, ressoando com todas as tonalidades, da gagueira terrível de Caliban ao correntio harmonioso do rouxinol do Capuleto — ao passo que hoje os poemas irrompem, a granel, de um retalho qualquer da vida mais prosaica — e um largo, um irresistível misticismo baralha na mesma ebriez espiritualista os cientistas e os poetas.

Os raios n fulminam a positividade das ciências. E a crítica inexorável, que espantara os duendes e anulara o milagre, recua, por sua vez, surpreendida ante a ciência imaginária, que surge sobre os destroços da teoria atômica — e mostra-nos, em destaque, num quase eclipse da lei suprema da conservação da energia — o espiritista esmaniado ao lado do químico reportado, e a física de Roentgen desfechando nos mistérios telepáticos.

Maior expansão industrial?

Mas, posto de lado o indescritível das primorosas glorificações do trabalho, devia bastar-lhe, para aquilatar o império do homem sobre as coisas, este aproveitamento genial do solenóide terrestre na telegrafia sem fios: a terra inteira transmudada em serva submissa do pensamento humano, e toda penetrada dele, e absorvendo-o, irradiando-o, e expandindoo no consórcio maravilhoso da sua força magnética imensurável com as vibrações ideais da inteligência...

Maior alevantamento moral?

Contrastes e confrontos

Aqui se nos emperra a pena, a ranger, tarda e acobardada. O assunto é complexo e pregueia-se de inumeráveis refolhos. Não há abrangê-lo. O movimento industrial, ou científico, pode ao menos ser imaginado. Pode condensar-se num bloco resplandecente como essa Exposição de São Luís, que inscreve num quadrilátero de palácios o melhor de toda a atividade humana. Mas o progresso da moral...

***

Entre os atrativos da Exposição de São Luís, um há, interessantíssimo. Não se trata de algum novo motor, ou de uma nova aplicação elétrica. Trata-se de uma pantomima heróica. Imagine-se o drama esquiliano da Guerra do Transval sobre o palco amplíssimo de um vasto barracão de feira. A terra lendária, com o revesso dos seus alcantis arremessados e a angustura de seus desfiladeiros longos, aparece, à luz das gambiarras, na paisagem morta de lona chapada de largos borrões de tinta variadas e cruas ajustadas sobre pernas de serra e sarrafos.

Ali, desenrola-se a luta — nos estouros dos cartuchos de festim, no coruscar das espadas de papelão prateado, nos assaltos aos redutos de papier-maché, e no delírio, e no estavanado, e no tropear tumultuário dos guerreiros de rostos afogueados de vermelhão ou empalidecidos de pós-de--arroz, e ouvidos armados dos apitos do contra-regra...

O ianque aplaude. A ilusão é completa. Vê-se a celeridade nervosa de De Wet, a calma patriarcal de Kruger, a tardeza ameaçadora de Botha... E, vibrando na distensão repentina dos atiradores, ou concentrando-se em cargas violentas e compactas, dispersas em escaramuças ou fundidas, de golpe, no tumulto convulsivo da batalha, as brigadas impetuosíssimas dos boêres.

Depois Ladsmith, Kimberley, Magersfontain, todos os lugares refertos de reminiscências gloriosas...

Por fim, o assalto de Paardeberg e a bravura espantosamente tranquila de Cronje.

Nesta ocasião, a imagem real da campanha é absoluta e o protagonista surge como o não representaria o Fregoli mais protéico e plástico. Porque é o mesmo Cronje, o Cronje autêntico, palpável — com a sua linha magnífica de herói de envergadura atlética, aparecendo aos clarões da ribalta, entre explosões de palmas e gritos entusiásticos que lhe bisam as façanhas.

Um cronista do Figaro, comentando o caso do único modo por que pode ele ser comentado — com um humorismo laivado de melancolia — explica que o general, numa carta ingênua e rude, declarou "que é preciso viver e que desgraçadamente ainda não há incompatibilidade entre a glória e a miséria"...

Não comentemos, nós. Admiremos, absortos, este traço adorável e utilitário dos tempos.

Acabou-se o tipo tradicional do herói transfigurado pela desfortuna; do herói importuno e triste; do herói que pede esmola ou morre escaveirado e tiritante, passando das palhas de uma enxerga para o mármore dos panteões. Não mais Camões e Belisários...

Rompe o herói prático, esplendidamente burguês; o herói que faz o truste do ideal; o herói que aluga a glória e que, antes de pedir um historiador, reclama um empresário.

Alevantamento moral...

Não prossigamos. Decididamente Spencer viu, pela última vez, este mundo com o olhar bruxuleante de um velho.

O mestre errou; errou palmarmente, desastrosamente, escandalosamente.

Os tempos que vão passando são, na verdade, admiráveis.